님께

드림

당신이 있어
세상은
살 만합니다

권태일 엮음 스마일디 그림

오픈하우스

| 서문 |

사람들은 살아가면서 많은 관계를 맺습니다. 인간관계 속에서 일어나는 일들에 의해 사람들은 성장합니다. 무엇을 하면 상대가 상처를 입는지, 내가 상처를 받는지, 받아들이고 용서해야 할 때가 언제인지, 어떻게 친절해야 하는지를 알게 됩니다. 고슴도치처럼 사람들을 싫어하고 무서워하고 경멸해도, 결국 다른 사람이 없으면 인간은 살아갈 수 없기 때문에 어느 정도 선에서 만나야 서로 덜 다치는지 기술도 배우게 됩니다.

많은 부모들이 아이들을 어렸을 때부터 인격적인 자녀로 키우려고 무척 애를 씁니다. 하지만 요즘같이 자본주의적이고, 경제적 가치가 어린아이들까지 물들게 하는 때에는 우리 자신도 모르게 비인격적인 존재방식으로 살아가고 맙니다. 경제활동이 없으면 단 하루도 삶을 살아갈 수 없다는 것은 부인하기 어렵지만, 어느새 우리는 자신도 모르게 사람과의 관계도 마치 사물이나 금전을 대하듯 하고 맙니다. 씁쓸해지는 세상이지요.

마르틴 부버Martin Buber가 쓴 작은 책이 있습니다. 제목은 《나와 너Ich und Du》입니다. 이 책에서 부버는 인격적인 만남의 중요성을 말합니다.

인생은 수많은 만남으로 이루어져 있지만 보통 생명력이 없는 만남이 대다수를 차지한다고 그는 언급했습니다. 무의미한 만남, 이기적인 목적을 위한 만남, 피상적인 만남은 '나와 그것의 만남'일 뿐입니다. 반면 의미가 있는 만남, 상대를 소중히 여기는 인격적 만남은 '나와 너의 만남'입니다.

여러분에게는 '나와 너의 만남'이라고 자신할 수 있는 누군가가 있습니까?

《당신이 있어 세상은 살 만합니다》는 이처럼 여러분들의 삶에 힘이 되고자 하는 진실한 만남의 책입니다. 사연을 보내주신 분들이 많았습니다. 삶의 고뇌와 문제를 알려주셨고, 다른 사람에게 사랑을 건네주고자 하는 깊은 의미의 편지들이 하루하루 엮여 책이 되었습니다. 이 책을 읽는 분께서는 이 책과의 만남이 '나와 그것과의 만남'이 아니라 '나와 너와의 만남'으로 지칭될 수 있을 만큼 의미가 있기를 바랍니다.

가슴 울리는 감동을 전합니다

_ 감동의 편지

오늘의 나를 반성합니다

_ 반성의 편지

이렇게 또 하나를 배웁니다

_ 교훈의 편지

감사하는 마음이 모여 행복한 세상을 만듭니다
_ 감사의 편지

사람이 사랑입니다
_ 사랑의 편지

가슴 울리는 감동을 전합니다

감동의 편지

아들이 너무 보고 싶어서

저는 경로식당에서 봉사활동을 하고 있는 대학생입니다.
벌써 넉 달째 해오다 보니 매일 오는 어르신은 낯이 익지요.

"오늘은 왜 이렇게 늦었어!"

머리가 하얗게 센 할머니 한 분이 저를 찾으십니다.
더 이상 연락이 되지 않는 아들과 닮았다면서
항상 제 손을 어루만지는 어르신입니다.
이가 몇 개 남지 않은 얼굴로 함박웃음을 지으시면
저도 마음이 찡해집니다.

그런데 이 할머니께서 지난 일주일간 식당에 오질 않으셨습니다.
저는 걱정이 되어서 함께 다니는 할머니께 사정을 여쭤봤습니다.
"요즘 밥맛 없다면서 꼬드겨도 도통 오지를 않아."
다음 날, 댁에라도 찾아가봐야 하나 하던 참에
할머니께서 다시 식당에 나오셨습니다.
어찌나 반갑던지요.
중풍기가 남아 있어 온전치 않은 몸으로 한 발 한 발
천천히 걸어 들어오시는 할머니를

부축해 드렸습니다.

"아들이 너무 보고 싶어서 왔어" 하며 웃으시는데

그제야 마음이 놓였습니다.

어느새 저도 할머니와 가족처럼 정이 들었나 봅니다.

말하지 않아도 아는 것, 보이지 않아도 선명한 것,
정은 알게 모르게 우리의 가슴속을 파고듭니다.

함께한 시간만큼 정은 쌓인다.

할아버지의 붓글씨

하와이 군도 북서쪽 끝 작은 섬,
저는 요양병원에서 서예교실을 운영하고 있습니다.
뇌졸중과 치매를 앓는 노인 분들에게는
서예가 많은 도움이 되거든요.

우리 서예교실에서 나이가 가장 많은 어르신은
일흔두 살의 김 할아버지입니다.
김 할아버지는 뇌졸중의 영향으로 본인의 이름과
단어 몇 개만 겨우 쓰실 수 있습니다.

어느 날, 수업을 마치려는데
김 할아버지에게 한 방문객이 찾아왔습니다.
할아버지보다 나이가 훨씬 많아 보이는 그분은
할아버지의 어머니셨습니다.
올해로 아흔한 살이 되었다고 하시더군요.
할아버지의 얼굴에 환한 웃음이 번졌습니다.
할아버지는 느릿느릿한 몸짓으로 할머니를 의자로 안내하고는
붓을 새 먹에 담가 할머니 이름 석 자를 천천히 쓰셨습니다.
한참을 기다린 끝에 붓글씨가 완성되었습니다.

"아들 때문에 눈을 감지도 못하겠어……."

할머니는 웃음 반 울음 반으로
아들이 쓴 붓글씨를 가슴에 품으셨습니다.
저는 그만 눈시울이 붉어지고 말았습니다.

온 마음을 다하면
우주까지 달려들어 힘이 되어 줍니다.
주저하지 말고 사랑을 표현해보세요.

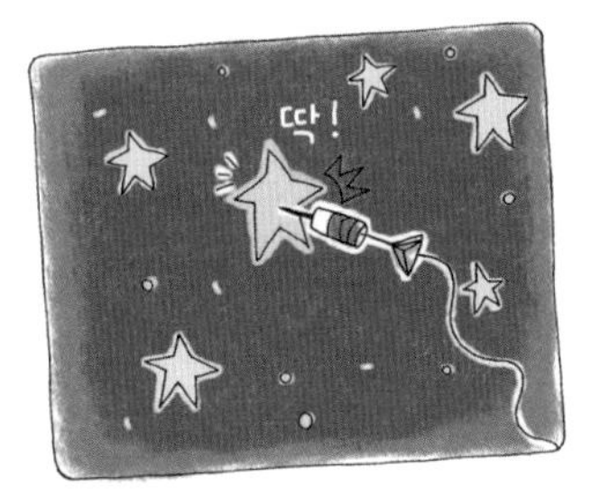

사랑은 불가능을 가능케 합니다.

나에게 주는 크리스마스 선물

저는 크리스마스 시즌에 대형 쇼핑몰에서
사람들에게 그림을 그려주는 화가입니다.
하루는 팔순이 넘은 할머니가 사진을 한 장 들고 와서
그 사진을 그림으로 그려달라고 했습니다.
사진 속에는 두 남자아이와 한 여자아이가 사이좋게 서 있었어요.
빛바랜 흑백 사진이었기 때문에 할머니는 기억을 더듬어
사진 속 아이들의 옷, 머리카락, 피부 등이 원래는 어땠는지
구체적으로 설명해주었습니다.

"크리스마스에 선물할 데가 있어서……."

며칠 뒤 그림이 완성되었다고 할머니에게 알렸지만
크리스마스가 지나도 할머니는 그림을 찾으러 오지 않았습니다.
크리스마스에 누군가에게 선물한다고 하셨는데…….
할머니에게 여러 차례 전화해봤지만, 자동응답기만 돌아갔습니다.
그렇게 한 달이 지난 어느 날,
연세가 지긋한 어르신 한 분이 저를 찾아왔습니다.
할머니의 아주 친한 친구라면서 그림을 찾아가겠다고 하더군요.
그러더니 안타까운 소식도 함께 전해주었습니다.

할머니께서 얼마 전에 돌아가셨다는 소식이었습니다.
그 어르신은 오랜 친구가 남긴 짐을 정리하다가 자동응답기에 남겨진
제 메시지를 듣고 찾아온 것이었습니다.
어르신은 사진에 대해서도 설명해주었습니다.
알고 보니 사진 속 여자아이는 아르헨티나에서 미국으로 이민 오기 전에
두 오빠와 찍은 할머니 본인이었습니다.
이미 두 오빠는 세상을 뜬 지 오래였고, 홀로 남겨진 막내 여동생은
크리스마스에 가족 없이 쓸쓸히 지내야 하는 자기 자신에게
그 그림을 선물하려고 했던 것입니다.
친구분에게 그림을 넘기고 오는 길에 눈이 펑펑 내렸습니다.
거리에서 들려오는 캐럴 소리가 왠지 슬프게 느껴졌습니다.

크리스마스의 참된 의미가 바랜 요즘,
소외받는 이웃들을 한 번쯤 뒤돌아봐주세요.
모두의 성탄절이 첫눈 오는 날만큼
기쁘고 설렜으면 좋겠습니다.

모든 사람들의 가슴속에
시린 눈이 아닌 행복한 눈으로
기억되었으면 합니다.

어느 중고 컴퓨터 장사꾼의 일기

저는 인터넷이나 알림방을 통해 중고 컴퓨터 장사를 하고 있습니다.
얼마 전 저녁 때 전화를 한 통 받았습니다.
"여기는 경상도 칠곡이고, 서울에서 할머니랑 같이 사는
6학년 딸애가 있는데 중고 컴퓨터라도 한 대 있었으면 해서요……."
그로부터 열흘 뒤, 쓸 만한 중고가 생겨 아주머니께 연락을 드렸습니다.
아주머니는 할머니와 딸이 있는 서울 주소를 가르쳐주었고
그 주소대로 컴퓨터를 배달하러 찾아가 보니, 다세대주택 옆
귀퉁이의 문 앞에서 할머니 한 분이 손짓을 하고 계시더군요.
문 안쪽으로는 액세서리를 조립하는 부업거리가 보였습니다.
지방에서 아주머니가 보내주는 생활비로는 넉넉지 않은 모양이었습니다.
"야! 컴퓨터다!"
그 집 딸이 환호하며 들어와 구경하자
할머니가 아이의 어깨를 두드리며 이렇게 말하더군요.
"너 공부 열심히 하라고 엄마가 사주신 거여,
학원 다녀와서 실컷 해. 어여 갔다 와."
아이는 신이 나서 어쩔 줄 모르며 후다닥 뛰어나갔습니다.
컴퓨터 설치를 끝내고 집을 나섰는데
대로변 정류장에 아까 그 집 아이가 서 있었습니다.
가는 방향을 물어보니 보통 집과 학원 사이 거리라고

하기엔 다소 멀어 보여서 태워주기로 했습니다.
함께 차를 타고 가는데 한 10분 정도 지났을까요.
아이가 갑자기 화장실이 너무 급하다며 차를 세워달라고 했습니다.
근처에 패스트푸드점 건물이 보이기에 차를 세웠습니다.
"아저씨, 그냥 먼저 가세요!"
아이는 다급하게 말하며 건물 속으로 사라졌습니다.
무심코 보조석 시트를 봤는데 가슴이 쿵 내려앉았습니다.
검붉게 물든 시트. 아마 첫 월경을 시작한 모양이었나 봅니다.
시트까지 젖을 정도면 바지는 말할 필요도 없지요.
당황스러워하던 아이의 얼굴이 떠올랐습니다.
당장 처리할 방법도 모를 텐데 싶어 마음이 급해졌습니다.
저는 재빨리 집사람에게 전화해 자초지종을 이야기하고
이쪽으로 오라고 했습니다.
아내는 생리대, 속옷, 물티슈, 치마 등 필요한 물품을 사 왔고
저희는 아이가 조금 전에 들어갔던 건물 화장실로 향했습니다.
집사람이 들어가 보니 화장실 세 칸 중에 한 칸이 닫혀 있더군요.
말을 걸자 기어들어가는 목소리가 들렸습니다.
그때까지 그 안에서 혼자 울면서 끙끙대고 있었던 것이지요.
평범한 가정의 아이였다면 조촐한 파티라도 할 기쁜 일인데…….

저는 아이가 안쓰러워 콧잔등이 짠해졌습니다.
눈이 팅팅 부은 아이를 집에 데려다주고 돌아오는 길에
아내가 물었습니다.
"그 컴퓨터 얼마 받고 팔았어?"
"22만 원."
"다시 가서 계산 잘못됐다고 하고 10만 원만 돌려 드리고 와."
저는 다시 아이의 집으로 가서 아내의 말대로 대충 얼버무리며
할머니께 10만 원을 돌려 드렸습니다.
그 집에서 나와 차에 타니 집사람이 제 머리카락을 손으로 헝클이며
"잘~했어!" 그러더군요.
그날 밤 11시쯤 아이 엄마에게서 전화가 왔습니다.
"여기 칠곡인데요. 중고 컴퓨터 구입한……."
아주머니는 이 첫마디만 하고는 말을 잇지 못했습니다.
저도 그냥 가만히 전화기를 귀에 대고만 있었습니다.

가끔 다른 사람의 마음에
귀를 기울이고 노크를 해보세요.
배려하는 마음 하나가 이렇게 큰 감동을 줍니다.

조마조마 연주단

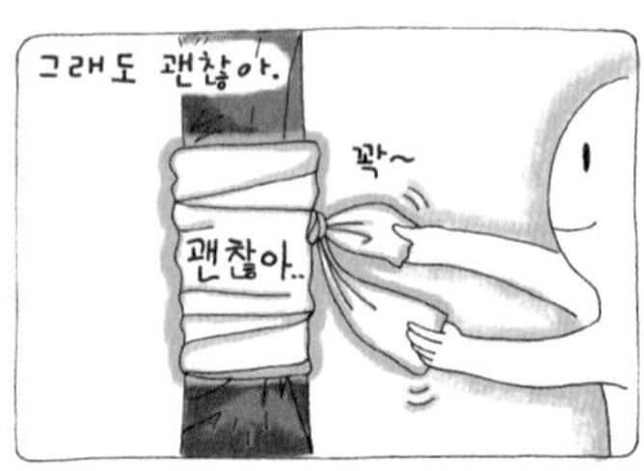

저는 종합병원에 근무하는 수간호사입니다.
병원에 입사한 지도 어느덧 17년이 되었네요.
처음엔 시간을 다투는 긴박한 응급실에서
손이 잘려나간 안타까운 외국인 노동자들,
금방이라도 숨이 멎을 것 같은 환자들을 보며
이렇게 살아 있음에 감사한 적이 한두 번이 아닙니다.
하지만 늘 긴장 상태로 있어야 하는 병원에서와는 달리
밖에서는 왠지 모르게 무기력해지고 나태해졌습니다.
그래서 뭔가를 한번 배워보기로 결심하고 이것저것 찾아보다가
같은 부서의 동료가 다니는 교회의 문화센터에서
플루트를 배우게 되었습니다.
악보는 볼 줄 알지만 이미 손이 굳어버린 나이가 되니

실력이 잘 늘지 않더군요.
그래도 저는 매주 화요일마다 빠지지 않고 수업엘 갔고
그런 저를 동료들은 피리 잘 배우고 오라며
웃으며 격려해주었습니다.

그렇게 4개월 정도가 흘러 어느새 연말이 되었습니다.
매년 연말이 되면 병원에서는
'간호사 송년의 밤'이라는 행사를 엽니다.
한 해 동안 수고한 간호사들을 위해 음식을 대접하고
간단한 장기자랑을 선보이는 자리인데,
수간호사 중 장기자랑을 할 사람이 없어 거의 떠밀리다시피
저와 제 동료가 플루트를 연주하게 되었습니다.

바로 전날 출전 통보를 받아서 무슨 곡을 연주할까
고민만 하다 연습은 아예 하지도 못했습니다.
제 친구는 연주를 잘하려고 하지 말고
처음부터 그냥 초보임을 밝히고 시작하라고 하더군요.
그래서 저희는 팀 이름도 '조마조마 연주단'으로 지었습니다.
행사 당일 아침에 「연가」를 연주하기로 결정하고는
잠깐 연습하고 무대에 올랐습니다.
그 순간의 떨림은 말로 표현할 수가 없습니다.
괜한 짓을 하는 게 아닐까 하는 후회가 밀려왔지만
이미 저는 무대에 올라 있었지요.
다들 웃음 반, 걱정 반의 얼굴이더군요.
연주를 시작하는데 한 소절도 불기 전에 그만 '삑사리'가 나서
관중석은 웃음바다가 되고,
저희는 민망함에 연주를 계속할 수가 없었습니다.
그 순간, 어디서부턴가 "괜찮아!" 하는 소리가 들려 왔습니다.
그 소리는 점점 퍼져서 관객이 모두 저희에게
"괜찮아! 괜찮아!"를 연호하며 박수를 쳐주었습니다.
덕분에 용기를 얻은 저희는 무사히 연주를 마칠 수 있었지요.
연주가 끝난 뒤 어떤 간호사는 저희에게

웃기려고 일부러 그런 거냐고 묻기도 했습니다.
원장님은 저희가 소리도 못 낼까 봐 걱정했다고 하시고
진료부장님은 곡이 끝날 즈음에야 무슨 곡인지 아셨다며
크게 웃으시더군요.
연주는 엉망이었지만 노력하는 저희를 응원해준 작은 외침,
"괜찮아!"라는 말의 힘이 얼마나 위대한지 알게 되었습니다.
올해는 우리 모두가 누군가를 응원해주는
한 해가 되었으면 좋겠습니다.

"괜찮아!" 짧은 한마디지만
마음을 움직이는 놀라운 힘을 갖고 있습니다.
때론 말 한마디가 세상을 바꾸기도 합니다.
"괜찮아, 다 잘될 거야!"

누나의 행복

2007년, 결혼도 안 한 제 누나는
불의의 사고로 장애를 가지게 되었습니다.
음주운전 트럭이 원인이었습니다.
30대 초반의 젊은 나이에 두 다리를 못 쓰게 된 우리 누나…….
여행사 직원으로 일하며 이곳저곳 돌아다니는 걸 그렇게 좋아하던
누나가 다시는 걸어 다닐 수 없게 되다니…….
누나와 결혼을 약속했던 남자친구는
장애인과 평생 함께할 자신이 없다며 냉정하게 누나를 떠났습니다.
다른 사람들도 마찬가지였습니다.
휠체어를 탄 누나와 함께 밖에 나가면
저희를 바라보는 사람들의 시선이 너무나 차가웠습니다.
장애를 가진 것은 잘못이 아닌데 혀를 차는 사람도 있었고
자신이 먼저 지나가겠다고 저희를 밀치는 사람도 있었습니다.
택시도 도무지 잡히지 않았습니다.
휠체어에 앉은 누나를 보고는 도망치듯 지나가버리더군요.
어떻게 이럴 수가 있는지!
저는 너무 화가 나서 눈물이 다 났습니다.
그런데 그런 저를 오히려 누나가 위로하더군요.

"괜찮아……. 미워하면 뭐하니. 시원하게 용서하렴.
살아갈 날이 아직 많이 남았잖아!"
일도, 사랑하는 사람도,
혼자 느긋이 세상을 돌아다닐 자유도 모두 잃어버렸는데…….
저는 아직까지 누나만큼 마음이 넓은 사람을 보지 못했습니다.
누나는 지금 고아원, 뇌성마비복지관 등에서
작은 선행을 실천하며 살아가고 있습니다.
자신보다 어려운 사람들에게 도움을 주는 것이
행복하다고 하면서요.

왜 나에게 이런 일이 일어났냐며 분노하고 있나요?
그 순간에도 인생의 시계는 지체 없이 돌아가고 있습니다.
분노와 증오로 시간을 낭비하지 마세요.

분노와 절망은 자신을 향해
던진 부메랑과 같은 것.

가장 멋진 창밖 풍경

저는 작은 IT회사를 다니고 있습니다.
야근을 밥 먹듯이 하는 회사입니다.
그런 저희 회사 맞은편 건물의 같은 층에는
게임제작회사가 있습니다.
그곳 역시 야근을 많이 하는 회사인데
고작 5미터 정도 떨어진 데다 창문으로 안이 들여다보이니
서로 눈이 마주치는 일이 많았습니다.
말없이 일하는 저희와 달리
그들은 끊임없이 대화를 나누며 일하고 있었습니다.
왁자지껄 떠드는 목소리와 큰 웃음소리가
가끔 열린 창문을 통해 전달되기도 했습니다.
그들의 자유분방한 모습을 보며
저희는 어느새 대리만족을 느끼고 있었습니다.
똑같이 야근과 업무에 시달리는데
그들의 표정은 왜 그리 밝을까요?

작년 크리스마스였습니다.
연이은 야근도 모자라 휴일에도 출근해야 했습니다.
맞은편 게임회사 사람들도 출근했더군요.

너희들도 힘들겠구나 생각하며 일을 시작하는데
저쪽 사람들이 창문에 달라붙어 뭔가를 붙이기 시작했습니다.
자세히 보니 예쁜 캐릭터 그림과 함께
'메리 크리스마스! 아자, 아자, 힘냅시다!' 라는
글을 창문에 붙인 것이었습니다.
분명 저희에게 보내는 메시지였습니다.
그것은 제가 본 가장 멋진 창밖 풍경이었습니다.
이후 설날에는 서로 '새해 복 많이 받으세요!' 라는
글귀를 써 붙였습니다.
이제 특별한 날이 다가오면 무슨 문구를 써 붙일까 고민하게 됩니다.
정말 행복한 고민이지요!

나의 작은 배려로 누군가가 잠시라도 행복해진다면
그것은 곧 내가 행복해지는 길이기도 합니다.
하루에 한 사람만 웃게 만들어보세요. 그 웃음이 널리 퍼져서
세상 모든 사람들이 웃게 될 거예요!

요구르트 아줌마

"오늘은 왜 이렇게 늦었어?"
몇 번의 기침과 함께 할아버지가 문을 엽니다.
어둑한 방 안에는 TV 소리만 들립니다.
할아버지는 아마 제가 찾아뵙지 않으면
누구와도 말하지 못한 채 하루를 보낼 것입니다.

몇 달 만에 놀라운 사실을 알게 되었습니다.
할아버지에게는 사실 자식이 넷이나 있었습니다.
자녀분들이 왜 찾아오지 않느냐고 여쭤보니
할아버지는 씁쓸한 미소를 지으십니다.
"다 지들 사는 게 힘들어서 그렇지. 난 다 이해해."

전 매일 아침 어르신들을 찾아뵙는 요구르트 아줌마입니다.
배달함에 요구르트만 넣고 끝내는 게 아니라
손잡고 얘기도 나누고
어르신들이 옮기기 힘든 짐도 들어드리곤 합니다.
이렇게 한다고 해서 회사에서 인센티브를 주는 건 아니지만
저라도 돕지 않으면 그분들은 어떻게 될까요.
가족이 멀쩡히 있는데도 한겨울에 혼자 숨을 거두고

며칠이 지나서야 발견되는 어르신들이 많습니다.

제가 큰 도움은 드리지 못하지만
적어도 그런 일만은 막고 싶습니다.
오늘도 할아버지 얼굴에 퍼지는 웃음을 보면서
힘차게 일하렵니다!

말로는 괜찮다고 하지만 집에서 홀로
외로운 시간을 보내는 어르신들이 의외로 많습니다.
백 번 전화하는 것보다는
한 번 찾아뵙는 것이 더 좋지 않을까요?

추운 겨울보다 더 견디기 힘든 건
우리의 무관심입니다.

소중한 인연

군대를 막 전역하고 지방의 중소기업에 취직했을 때의 일입니다.
원래 고향은 서울인데 지방으로 혼자 내려오니
친구도 없고 많이 외롭더군요.
그래서였는지 고시원 뒷골목을 이리저리 돌아다니는
버려진 개에게 정을 주게 되었습니다.
퇴근할 때 편의점에서 삼각김밥 하나 사서
던져주는 것이 고작이었지만
그때마다 제 발소리를 알아듣고 반겨주는
그 개가 제겐 유일한 친구였습니다.
어느덧 저는 개에게 '명식'이라는 이름까지 붙여주었습니다.
그날도 저는 여느 때처럼 삼각김밥을 사들고 퇴근하는데,
눈길에 미끄러진 트럭에 받히는 교통사고를 당했습니다.
다행히 크게 다치지는 않았지만
그래도 일주일은 입원해야 했습니다.
하필 입원한 날부터 눈은 왜 그리도 많이 쏟아지는지…….
일주일 내내 고시원의 명식이가 걱정되어 참 애가 탔습니다.
퇴원하는 날, 가장 먼저 명식이를 찾아갔습니다.
나이도 많은 개가 혹시 얼어 죽지는 않았나 걱정했는데
웬걸, 눈이 잘 들이치지 않는 후미진 곳의 헌 박스 속에서

담요를 덮은 채 잘 자고 있는 것이 아닙니까?
어찌 된 영문인가 싶어 얼떨떨해하고 있는데
누군가 삼각김밥을 들고
명식이와 제가 있는 뒷골목으로 들어섰습니다.
바로 저에게 삼각김밥을 팔던 편의점 아르바이트 아가씨였습니다.
인사만 하고 몇 마디 말도 나누지 않았었는데
제가 입원해 있는 동안 명식이를 돌봐주고 있었던 것입니다.
몇 년 후 명식이는 세상을 떠났습니다.
나이가 들어 자연스럽게 죽은 것이지만
그동안 쌓인 정이 한꺼번에 밀려오면서
저와 편의점 아가씨는 참 많이 울었습니다.

그리고 지금 그 아가씨는 여섯 살과 네 살인 제 아들과 딸의
엄마가 되어 있습니다.

작고 사소한 인연, 보잘것없다고 생각되는 애정,
이러한 것들이 우리의 인생을 짙어지게 합니다.

언어의 장벽쯤이야

볼 일이 있어 은행에 갔는데 외국인 노신사가 있었습니다.
은행원과 외국인 노신사는 언어의 장벽으로 애를 먹고 있었습니다.
도와줘야겠다는 생각이 들어서 할아버지에게
무슨 용건인지 물어보았습니다.

할아버지는 반세기 전에 한국전쟁에 참전했었는데
한국 정부의 초대로 다시 한국을 방문하게 되었다고 말했습니다.
전쟁 당시 죽을 고비를 넘겨가며 함께 고생한 한국인 전우가 있는데
적은 돈이지만 그 친구에게 보탬이 되고자
송금을 하고 싶다고 했습니다.
저는 할아버지에게서 연락처를 받아 그분께 전화를 걸어
사정을 말씀드리고 계좌를 확인했습니다.
통화가 끝나갈 즈음 외국인 노신사가 전화를 바꿔달라고 했습니다.

"그동안 잘 지냈는지 궁금하다.
돈을 조금 보내니 집사람에게 꽃이라도 사줘라."

한국어를 못하는 노신사는 영어로 이렇게 이야기했는데
친구분은 마치 그 말을 이해한 듯이

"그래, 친구야, 고맙다"라고 했습니다.

반세기 전의 전우를 생각하는 외국인 노신사의 마음과
말은 통하지 않아도 마음만은 통한 두 분의 모습을 보면서
저도 모르게 가슴이 뭉클해졌습니다.

비록 말은 통하지 않아도
진실한 마음은 어떻게든 전해집니다.
혹시 우리는 언어가 통하면서도
마음에 장벽을 쌓고 있지는 않은가요?

우리나라는 남북만 갈라진게 아니구나..

아줌마 고마워요

중학교 1학년인 석이는 말이 없는 아이였습니다.
저를 보고도 인사하는 법이 없었지요.
무서운 눈으로 노려보기만 할 뿐…….
웃으며 말을 걸어보고 얼러도 봤지만
석이는 여동생 앞에 서서 움직일 생각을 안 했지요.
붙임성 좋은 여동생은 저에게 다가오려 했지만
그때마다 석이가 막아서곤 했습니다.
처음에는 왜 이렇게 무뚝뚝하게 굴까 섭섭한 마음도 들었지만
어렸을 때 부모가 이혼하는 바람에
그동안 엄마 없이 아빠, 동생하고만 지내 왔다는 얘기를 듣고는
석이의 행동이 이해가 되더군요.

어제 저녁, 평소 아이들 먹는 게 너무 안돼 보여서
집에 있는 반찬을 좀 가져다주었습니다.
반찬통을 받아든 석이는 아주 조그만 목소리로
"아줌마, 고마워요"라고 하더군요.
제가 일부러 더 크게 "뭐라고? 잘 안 들리는데?" 했더니
부끄러운지 주방으로 쏙 들어가버렸습니다.
그 모습이 어찌나 귀엽던지요.

그 후로도 석이는 여전히 무뚝뚝하게 굴지만
그 모습이 예전만큼 섭섭하지는 않습니다.
언젠가는 그 아이가 먼저 웃으며 인사하는 날이 올 테니까요.

마음에 상처가 있는 사람은
마음을 열 때까지 기다려주세요.
진심을 다해 천천히 두드리다 보면 분명 열릴 날이 옵니다.

..잠겼네.

철컥!

아~

진심은 마음의
문을 여는 열쇠..

초심을 일깨워준 제자

5월 15일 스승의 날.
올해도 어김없이 교문 앞에는 오래전 저의 제자가
꽃바구니와 선물을 들고 서 있었습니다.
교직생활 30년을 통틀어 매년 저를 찾아오는 유일한 제자입니다.
제자는 하루도 거르지 않고 매일같이 전화로 제 안부를 묻습니다.
처음 저를 찾아왔을 때를 떠올리면 아직도 가슴이 찡합니다.
저를 찾기 위해 아침 7시에 집을 나선 그는
그동안 제가 거쳐 온 수많은 학교를 그대로 뒤밟아 왔다고 합니다.
제가 근무하는 학교에 도착했을 땐
이미 퇴근 시간이 다 되어서였지요.
제자는 손에 커다란 액자를 들고 있었습니다.
그 큰 걸 들고 어떻게 왔느냐는 말에
대중교통을 타고 왔다며 수줍게 웃던
제자의 모습이 잊히질 않습니다.
첫 부임한 학교에서 만났던 제자는
남들보다 조금 뒤처지던 아이였습니다.
단 한 명의 학생도 포기할 수 없었던 저는 그 아이를
퇴근 시간까지, 어떨 땐 집에까지 데리고 가서 가르쳤습니다.
몸이 약해 병치레가 잦았던 아이를 업고

병원에 간 적도 많았지요.
제자가 저를 찾는 이유도 그 때문이라고 했습니다.

제자를 만나고 돌아오는 길에
현재의 제 모습을 돌아보게 되었습니다.
아이들을 향한 열정과 사랑보다 다른 걸 더 중시하진 않았는지
깊이 반성하는 시간을 가졌습니다.
힘들게 찾아온 제자를 실망시키지 않기 위해서라도
초심을 잃지 말아야겠습니다.

이젠 학교가 마치 대학을 가기 위한 관문처럼 돼버리고
진정한 스승도, 진정한 제자도 점차 사라져갑니다.
지식을 배우기 위한 학교가 아니라 사랑과 존경을 배우는
학교가 되길 바라는 건 너무 큰 욕심일까요?

필요 없어

처음에는 장사하는 할아버지인 줄 알았습니다.
귤이 가득 든 비닐봉지는 할아버지의 체중보다 무거워 보였고
지하철 계단을 오르는 것도 굉장히 힘들어하셨습니다.
어디서 저렇게 많은 귤을 들고 오셨을까 의아해서 여쭤보았더니
할아버지는 아는 사람에게서 받았다며
저에게 귤 몇 개를 건네주셨습니다.

할아버지와 저는 같은 지하철을 탔습니다.
평일 오전이라 자리에 앉아 있는 사람이 얼마 없더군요.
잠시 후 할아버지가 옆자리의 할머니에게 귤을 건네셨습니다.
“이거, 혼자 다 못 먹으니 좀 드세요.”
두 분은 받는다, 못 받는다 잠시 가벼운 실랑이를 하다가
할아버지가 계속 귤을 안기자 할머니는 결국 받으셨습니다.
“고마워요, 잘 먹을게요.”
할머니는 이렇게 인사를 하고 내렸습니다.

잠시 후 할아버지가 다른 사람에게도 귤을 한 주먹 건네셨습니다.
저는 괜히 걱정이 되었습니다.
“할아버지, 이 귤 사람들한테 다 나눠주시면 어떡해요.

할아버지도 드셔야죠."
"나 혼자 얼마나 먹는다고. 이렇게 나눠주면 무게도 줄고 좋지, 뭘."
할아버지는 싱글벙글 웃으며 또 나눠줄 사람이 없나
두리번거리셨습니다.

인생이라는 여행길,
짐은 많을수록 불편할 뿐입니다.
내려놓고, 나누고, 버리세요!

가진 것을

함께 나누면...

행복도, 기쁨도 두 배.

떡볶이 한 접시

아이들이 좋아하는 떡볶이를 사기 위해
집 근처 포장마차에 갔습니다.
주인아저씨는 40대 중반쯤으로 보였습니다.
그때 한 할머니가 들어오셨습니다.
못 쓰는 종이를 모아서 근근이 살아가는 분인 듯,
옆에 세운 수레 안에는 폐지가 가득했습니다.

"아저씨, 국물 좀 주시오."
주인아저씨는 아무 말 없이 따끈한 어묵 국물과
떡볶이 약간에 순대를 얹은 접시 하나를 내놓았습니다.
점심시간이 진작 지났는데도 할머니는 식사를 못 하셨는지
금세 한 접시를 다 비우셨습니다.
할머니가 허름한 상의 주머니에 손을 넣는 것을 보던
주인아저씨가 말했습니다.

"할머니, 아까 돈 주셨어요."
"그런가? 아닌 거 같은데……."
상황을 눈치 챈 저도 한마디 거들었습니다.
"저도 봤어요. 할머니 아까 돈 내시는 거."

할머니는 알쏭달쏭한 얼굴이었지만
계산했다고 말하는 사람이 두 명이나 있으니
정말 그런가 보다 하고 포장마차를 나가셨습니다.

저와 주인아저씨는 마주 보고 미소를 지었습니다.

가까운 이웃에게 손을 내미는 것은 그리 어려운 일이 아닙니다.
사소한 것을 나누는 마음이 진정 아름답습니다.

나의 작은 베풂이
누군가에겐 큰 행복.

친구와의 여행

영문을 모르겠더군요. 지숙이가 왜 갑자기 여행을 가자고 하는지.
“비용은 내가 다 댈 테니까 넌 걱정 말고 따라오기만 해!”
지숙이와 저는 알고 지낸 지 벌써 30년 가까이 됩니다.
대학교 때부터 친했던 저희는 결혼과 출산, 학부모가 되는 것까지
모든 과정을 비슷한 시기에 겪었습니다.
고민도 기쁨도 함께 나누다 보니 공유하는 게 많았지요.
하지만 갑자기 여행을 가자는 것도 이상했고
무엇보다 비용을 다 대겠다고 나서는 것이 수상했습니다.
그동안 저는 개인적으로 힘든 일 때문에
친구를 제대로 챙겨주지도 못했습니다.
‘얘가 복권이라도 당첨된 건가, 아니면 무슨 큰 병에라도……?’
별의별 생각이 다 들었지요.

지숙이의 고집에 저는 결국 여행에 따라나섰습니다.
하지만 여행 중에도 궁금증은 풀리지 않았습니다.
참다못해 물었더니 이런 대답이 돌아오더군요.

“직장생활 시작하고 나서 나중에 가장 친한 친구랑
여행 한번 가야겠다고 생각했어.

20년 동안 매달 조금씩 생활비에서 떼어놨던 돈이야.
나와 인생을 함께해줘서 고마워, 친구야!"

제 손을 잡으며 이렇게 말하는 지숙이의 두 눈에
눈물이 글썽했습니다.
제 가슴도 벅차올랐습니다.

피를 나눈 가족만큼
소중한 사람이 있습니다.
바로 마음을 나눈 친구입니다.

엄마의 파우치

우연히 열어본 엄마의 화장품 파우치 속에는
제 서랍에서 뒹굴고 있던 오래된 화장품들이 들어 있었습니다.
평생 힘들게 일하신 엄마는 자식을 위해 헌신하느라
정작 자기 자신을 가꿀 돈과 여유는 가지지 못했습니다.
그렇다고 버리려고 모아둔 화장품을 쓰시다니……
마음이 덜컥 아려오더군요.
저는 곧장 화장품 가게로 가서 새 화장품을 몇 가지 사
몰래 파우치 안에 넣어 두었습니다.
며칠 뒤 야근을 하고 집에 왔는데 제 방문에 쪽지가 하나 붙어 있더군요.

"딸! 화장품 정말 고맙다! 엄마 생각해주는 건
우리 딸밖에 없구나!"

기념일이 아니더라도 가끔 부모님께 선물을 해보세요.
길에서 산 머리핀 하나, 양말 한 짝에도
감동하는 사람이 바로 우리의 부모님입니다.

내가 새 신발을 선물해 드린 날..
하늘을 나는 아버지를 보았다.

낡은 귀마개

저희 회사 과장님은 나이가 많고 아주 무서운 분입니다.
사람들이 쉽게 다가가지 못할 정도로 말입니다.
부서에 잘못이 있을 땐 사정없이 호통을 치셔서
별명이 '폭풍우'입니다.
오늘 아침 출근길에 이 폭풍우 과장님을 만났습니다.
감색 코트를 입고 귀에는 귀마개를 하고 계셨죠.
그런데 이 귀마개가 점잖으신 분의 체면에 어울리지 않게
좀 낡아 보이더군요.
우물쭈물하다가 넌지시 여쭤보았습니다.
"과장님, 귀마개는 누가 선물해주신 건가요?"
저는 폭풍우 과장님의 그런 미소는 처음 보았습니다.

"우리 딸이 재작년에 사준 거야."

부모님은 몇 년씩 지난 자식의 선물을
늘 자랑스러워합니다.
그 모습을 보면 저는 늘 부끄러워집니다.

일 똑바로
안 해? 확~
삼켜 버린다!?
어~ 우리 딸.
밥 먹었쪄??
응!
따르릉~
죄송합니
다..람쥐..

스마트폰으로 바꾸지 않는 이유

저희 아버지는 스마트폰이 대세인 요즘에도
10년 전부터 쓰시던 옛날 휴대폰을 계속 쓰고 계십니다.
폴더형에 흑백 화면, 지금은 생각할 수도 없는 단음으로 된 벨소리.
제가 신형 스마트폰을 사드리겠다고 하면
문자, 전화하는 데 불편함만 없으면 되지
왜 자꾸 새것으로 바꾸느냐며 오히려 저를 나무라십니다.
스마트폰의 좋은 점에 대해 설명해 드려도
그래도 그게 전화기밖에 더 되냐고 하시네요.
어제는 아버지 휴대폰 액정에 금이 가 있는 걸 보고는
기필코 스마트폰으로 바꿔 드리리라 생각하고
휴대폰 매장까지 아버지를 모시고 갔습니다.
여러 기기 앞에서 곰곰이 생각하시던 아버지가
직원에게 물었습니다.
"예전에 쓰던 휴대폰 문자들도 그대로 옮길 수 있나요?"
"고객님이 가진 기종으로는 어려울 것 같습니다."
"그럼 됐소!"
그렇게 자리를 박차고 나오신 아버지는
왜 그러신 거냐고 물어도 대답을 안 해주시더군요.
집으로 돌아와 아버지가 잠시 자리를 비우셨을 때,

너무 궁금한 나머지 아버지 휴대폰을 들여다보았습니다.
대체 뭐가 있기에 휴대폰 바꾸는 걸 저렇게까지 싫어하실까?
수신함의 영구 보관함에는 메시지가 잔뜩 있었습니다.
그것이 아버지만의 보물이었나 봅니다.
2004년부터 2009년까지 30개의 문자메시지가 있더군요.

애정이 담긴 어머니의 문자,
싸운 직후에 보낸 듯한 절절한 심정이 담긴 아버지 친구의 문자,
그리고 제가 보냈던 '사랑해요, 아빠!' 라는 짧은 문자.
저는 보낸 사실조차 잊고 있었던,
입력하는 데 10초도 걸리지 않은 짧은 문자인데 말입니다.

자식의 말 한마디, 작은 몸짓 하나에
울고 웃는 사람. 바로 당신의 부모님입니다.
지금 부모님에게 짧은 문자메시지로 마음을 전해보세요.

터치하세요.
톡~

아니, 휴대폰 말고
아빠 왔다.

사랑하는 사람을요.
아부지~

바닥에서 우뚝 일어서다

"파산 신청 하시겠어요?"
저를 도와주러 온 사회복지사가 커피 한 잔을 건네며 묻더군요.
손바닥으로 전해지는 온기를 느끼며 저는 단호하게 말했습니다.
"아니요. 저는 이 빚 다 갚을 겁니다. 갚고 말 거예요!"

8년 전 아내가 암에 걸린 것이 원인이었습니다.
낫는다 싶으면 자꾸 다른 장기로 전이되는 암.
중환자실에서 아내는 제 손을 잡으며
이제 좀 편안해지고 싶다고 했지만
저는 도저히 그렇게 되도록 놔둘 수가 없었습니다.
아내가 없는 삶은 의미가 없었으니까요.
하지만 저의 노력이 헛되게도 아내는 결국 세상을 떠났습니다.
오랫동안 환자를 돌보는 사이 사업은 어느새 빚만 남아 있었고
치료를 위해 사용했던 돈도 엄청나더군요.
저는 결국 거리로 도피했습니다. 전철역 앞 노숙자가 된 것이죠.
출근 시간마다 바삐 걸음을 재촉하는 사람들을 멍하니 쳐다보며
부러워하곤 했습니다.
저 사람들은 소중히 지킬 것이 있구나 하고요.
어쩌다 손을 꼭 잡고 걸어가는 커플을 보면

아내가 생각나 하염없이 울 때도 있었습니다.
그러던 어느 날, 도움을 주겠다고 찾아온 사회복지사가
차라리 파산 신청을 하는 게 어떻겠냐고 말했습니다.
그때 저는 그 사회복지사에게 제 자존심과 아내의 이름을 걸고
빚을 다 갚을 거라고 장담했습니다.

그리고 저는 실제로 빚을 다 갚았습니다.
지난해 12월 30일은 제가 빚을 청산한 날입니다.
아내도 분명 하늘나라에서 기뻐하겠죠?

새로운 출발이 기다리고 있는 새해.
어려운 일들로 힘겨워하시는 분들이
새해, 새 마음으로 출발할 수 있기를 간절히 기도합니다.

잘했어.
당신..
응!
좌절
빚

제자를 위한 희망 콘서트

우리 병원에는 가끔 이상한 어르신이 찾아옵니다.
그분이 이상하다고 하는 이유는 병실에 있는 한 아이의 침대 앞에서
아이가 웃을 때까지 손짓, 몸짓을 하며 노래를 부르기 때문입니다.
얼마쯤 하면 지쳐서 그만할 법도 한데,
그분은 아이가 까르르 웃을 때까지 멈추지 않습니다.
아이가 미소라도 지으면 더 신이 나서 우스꽝스러운 동작으로
춤추기를 계속합니다.
"연세도 있으신 분이 왜 저러실까……."
사람들은 그런 그분의 모습을 보고
좀 이상한 사람인 것 같다며 수군거렸습니다.
그때, 그분이 제게 다가와 눈물을 머금은 채 조용히 말했습니다.

"저 아이는 제 제자입니다. 그런데 암에 걸렸어요.
아이에게는 너무 가혹한 병이지요.
스승으로서 제가 할 수 있는 일이 뭐가 있을까 고민하다가
아이에게 잃어버린 웃음을 되찾아주어야겠다는 생각이 들어서
이 일을 시작하게 되었습니다.
다른 환자들을 불편하게 만들었다면 죄송합니다."
그 얘기를 들은 사람들은 아무 말도 할 수 없었습니다.

하루하루 절망에 빠져가는 제자를 위해
그분은 희망의 콘서트를 열어주었던 것입니다.
그리고 그분의 노력 덕분인지
아이의 병은 조금씩 차도를 보였습니다.
조금은 무모해 보였던 한 어르신의 몸짓이
소년에게 희망의 기적을 전해준 것입니다.

꺼져가는 한 소년를 위한
아낌없는 기도와 희망의 콘서트.
그 어떤 콘서트보다
값지고 아름다울 수밖에 없습니다.

오늘의 나를 반성합니다

반성의 편지

VIP용 메뉴판

얼마 전 식당에서 겪은 일입니다.
작은 백반집에서 급하게 식사를 하는데
허름한 차림의 할아버지 한 분이 식당에 들어와 밥을 청했습니다.
그러자 주인아주머니가 환한 미소를 지으며
저에게 준 것과는 다른 메뉴판을 할아버지께 드리는 것이었습니다.
메뉴판에는 'VIP용'이라고 쓰여 있었습니다.
순간 '나도 손님인데, 누구는 VIP고 누구는 그냥 손님이야?' 라는
생각이 들면서 기분이 상했습니다.

할아버지가 식사를 마치고 나가신 뒤
저는 그 VIP용 메뉴판을 살짝 들춰 보았습니다.
그런데 뭔가 특별한 게 있을 거라는 제 예상과는 다르게
제가 받았던 메뉴판과 비교해 가격만 달랐습니다.
모든 메뉴가 실제 가격의 3분의 1밖에 되지 않았던 것입니다.
아주머니는 저를 보고 이렇게 말씀하셨습니다.

"손님, 오해하지 마세요.
아까 그 할아버지는 혼자 외롭게 사시는 분인데
공짜로 드리려고 하면 안 드시려고 해서

이런 방법으로 대접하고 있어요."

아주머니의 깊은 배려심을 보지 못하고 덮어놓고 의심부터 했던 제 자신이 부끄러워지는 순간이었습니다.

선의를 베푸는 당신을 누군가는 빈정거릴지도 모릅니다.
하지만 진심이 담겨 있다면 빈정은 곧 인정이 되기 마련입니다.

배려가 많은 동네는 웃음도 많다.

미움보다는 애정으로

층간 소음 문제로 1년 가까이 싸웠던
아랫집 신혼부부가 이사를 갔습니다.
어린애가 조금 시끄럽게 굴 수도 있는데
그걸 이해하지 못하고 얼굴을 찌푸리는 그들이 정말 미웠습니다.
스트레스가 너무 심했던 저는 가해자 입장이었음에도 불구하고
그들이 이사를 가서 속이 다 시원했습니다.

아랫집에 새로 이사 온 노부부는
이제 네 살 된 저희 아들이 아무리 뛰어다녀도
한 번도 항의하러 올라온 적이 없습니다.
노인분들이라 청력이 약해져서 그런가 보다 하며
안심하고 있었는데
아이가 일찍 잠들어 오랜만에 조용했던 어느 날
노부부가 저희 집에 찾아왔습니다.
저는 그분들이 그동안의 불만을 한꺼번에 쏟아내는 것은 아닌지
걱정하며 문을 열어 드렸습니다.

"아이가 매일 건강하게 뛰어다니던데 오늘은 조용하네요.
혹시 어디 아픈 것은 아닌가 걱정이 돼서 이렇게 와봤어요."

순간 저는 그동안의 제 이기적이었던 생각과 행동들을 떠올리며
미안함과 부끄러움을 감출 수 없었습니다.
그 뒤 저는 층간소음에 훨씬 더 신경 쓰게 되었습니다.
이렇게 좋은 분들께 폐를 끼치면 안 되니까요.

내 잘못의 크기는 다른 사람의 것보다
항상 작게 느껴지는 법이지요.
나의 잘못은 볼록렌즈로, 남의 잘못은 오목렌즈로 바라본다면
훨씬 살 만한 세상이 되지 않을까요?

얼음처럼 차가워 보이는 이 세상도
생각보단 따뜻한 곳이랍니다.

마지막 시험 문제

개강을 하고 두 달 정도 지나 시험 기간이 되었습니다.
학생들은 공부를 열심히 했는지 교수님이 시험지를 나눠주자마자
모두 자신 있게 문제를 풀어나갔습니다.
그런데 마지막 문제가 학생들을 깜짝 놀라게 했습니다.
"강의실을 청소하는 아주머니의 이름을 쓰시오."
이것이 마지막 문제의 질문이었기 때문입니다.
마지막 문제에 자신 있게 정답을 적어낸 학생은 아무도 없었습니다.
어처구니없는 문제에 화가 난 한 학생이
마지막 문제가 성적에 큰 영향을 미치는지 교수님께 물었습니다.
그러자 교수님이 이렇게 대답했습니다.
"너희들이 만나는 모든 사람은
사랑과 관심을 받을 자격이 있는 사람들이야.
최소한 주변 사람들과 따스한 미소와 감사의 인사 정도는 나눠야
세상이 밝아지지 않겠니?"

우리는 보이지 않는 곳에서 묵묵히 일하는
사람들의 힘으로 살아가고 있습니다.

밝은 별도 어둠 없이는 빛날 수 없다.

두 명의 엄마

저에게는 엄마가 두 분 계십니다.
한 분은 저를 낳아주신 엄마,
또 한 분은 피부색이 다른 새엄마입니다.
피부색이 다른 지금의 새엄마는 베트남 사람입니다.
처음에 저는 새엄마를 보고 울었습니다.
친엄마가 보고 싶었고,
아빠가 엄마가 아닌 다른 사람을 좋아하는 게
그리고 무엇보다 피부색이 다른 사람이 제 엄마가 된다는 게
너무도 싫었습니다.
그렇게 1년이 지나갔습니다.
새 학기가 되고 자기소개서에 가족 사항을 적어야 하는데
저는 엄마 이름을 써야 할 칸을 비우고 제출했습니다.
하지만 친구에게 들키고 말았습니다.
창피한 나머지 정말 숨고만 싶었습니다.
집으로 돌아와 학교에서 있었던 일을 떠올리며
속상해서 울고 있는데
새엄마가 제가 우는 모습을 보고
"효진아, 엄마가 많이 미안해요……" 하며 같이 우셨습니다.
저는 참 못된 딸입니다.

이토록 저를 생각해주는 새엄마에게
그동안 마음을 열어주지 않았습니다.
같이 길을 걸어가지도 않았습니다.
'다문화 가정'을 이상한 눈초리로 바라보는
남들의 시선이 싫어서 매번 도망쳤습니다.
그때마다 새엄마는 미안해했습니다.
하지만 이제 저는 도망치지 않습니다.
새엄마는 진짜 제 가족이 되었습니다.
갓 태어난 동생 다은아, 언니가 많이 사랑해줄게.
저에게 미안해하는 친엄마도 피부색이 다르다고 눈물짓는 새엄마도
이제는 사랑할 수 있을 것 같습니다.
두 엄마를 모두 사랑합니다.

사랑이 있기에, 사랑으로 맺어진 가족이기에,
그 어떤 벽도 허물 수 있습니다.
그것이 바로 가족입니다.

우리는 "가족" 이다.
어?!
당겨~

보이지 않는 사랑

10월이 거의 끝나갈 무렵,
부산에 살고 있는 친구 집에서 하룻밤을 묵었습니다.
다음 날 저는 사정이 있어서 일찍 기차를 탔습니다.
피곤해서 자리에 앉자마자 잠을 청하려 했지만
사람이 많아서인지 쉽게 잠들지 못했습니다.
시간이 얼마나 흘렀을까요?
잠시 정차했던 청도역을 지나면서 비어 있던
제 뒷자리에서 이야기 소리가 나기 시작했습니다.
"와! 벌써 겨울인가? 낙엽이 다 떨어졌네. 낙엽 덮인 길이
정말 예쁘다. 알록달록 무슨 비단 깔아 놓은 것 같아.
밟아봤으면 좋겠다. 무척 푹신할 것 같은데."
"저 은행나무 정말 크다! 몇십 년은 족히 된 것 같은데?
은행잎 떨어지는 게 꼭 노란 비 같아."
"여긴 포도나무가 참 많네. 저 포도밭은 참 크다.
저 포도들 다 따려면 고생하겠는데?"
"저기 저 강물은 정말 파래. 꼭 물감 풀어 놓은 것처럼.
저 낚시하는 아저씨가 쓰고 있는 빨간 모자가 참 예쁘네."
겨우 잠들기 시작한 저는 짜증이 났습니다.
'무슨 사람이 말이 저렇게 많아? 자기 혼자 다 떠들고 있네.

다른 사람들은 눈이 없는 줄 아나?'
잠자기는 틀렸다고 생각한 저는 화장실에 갔다가 돌아오는 길에
떠드는 사람 얼굴이나 보자며 슬쩍 쳐다보았는데
그만 심장이 쿵 하고 떨어지는 줄 알았습니다.

제 뒷자리에는 앞을 보지 못하는 40대 중반 아주머니와
남편으로 보이는 아저씨가 서로 손을 꼭 잡고 앉아 계셨습니다.
아주머니는 아저씨가 기차 밖으로 펼쳐지는 풍경을
하나하나 설명해줄 때마다 고개를 끄덕이며 응수했습니다.
마치 실제로 보고 있기라도 하듯
입가엔 옅은 미소를 지으면서 말입니다.

부부는 평생의 친구이자 인생의 동반자입니다.
늘 당신 곁을 지키는 그 사람에게
지금 고맙다고 말해보세요!

당신의 마음은 풍경보다 더 아름답습니다.

5년 만에 다시 만난 동생

동생은 5년 동안 가족과 연락을 끊고 지냈습니다.
저와의 큰 싸움이 원인이었죠.
형인 제가 참을 수도 있었는데
끝내 저는 동생에게 막말을 하고 폭력을 휘둘렀습니다.
그 후 미안하다고 사과하기는커녕 네가 형 대접을 안 해줘서다,
대들기만 하니 당연히 맞을 짓을 한 거다, 라며
제 잘못을 인정하지 않았습니다.
동생은 결국 병원 신세를 지게 되었습니다.
제가 찾아갔을 때 동생은 저를 쳐다보지도 않았습니다.
저는 미안하다는 말 대신 그저 툭툭 치며
빨리 나으라는 말만 무심하게 던졌죠.
그런데 병원에서 퇴원한 동생의 행방이 묘연해졌습니다.
자기 물건 때문에라도 집에 한 번 올 법 한데,
집에도 오지 않고 전화를 해도 툭 끊어버리기만 했습니다.

그렇게 5년의 시간이 흘렀습니다.
5년 동안 동생의 얼굴을 한 번도 보지 못했습니다.
최근에 통신사에 근무하는 친구에게 통사정을 해서
바뀐 동생의 전화번호를 알아냈습니다.

한번 보자고 여러 차례 문자도 보내고 전화도 걸면서 사정한 끝에
저는 일주일 전에, 5년 만에 동생을 다시 만나게 되었습니다.
동생은 저를 보더니 마치 아무 일도 없었던 것처럼 피식 웃었습니다.

"형, 고생 많이 했나 보네. 얼굴이 많이 상했어."
동생이 나를 용서하지 않으면 어쩌나,
원망의 말을 마구 쏟아내면 어쩌나
잔뜩 긴장하고 있었던 저는
그만 동생을 껴안고 펑펑 울어버렸습니다.

가족의 연이 쉽게 끊어지지 않는 이유는
태어나기도 전부터 보이지 않는 끈으로
서로 연결되어 있었기 때문입니다.

그 시간이 길수록 서로에게
지울 수 없는 상처를 남기게
될 테니까요..

처음의 마음으로

저는 산부인과 간호사입니다.
이 세상에서 가장 아름다운 기적이
수시로 일어나는 곳에서 일하고 있지요.
그런데 이 기적을 너무 자주 접하다 보니
생명의 탄생에 대한 경외감과 감동도 조금씩 옅어져 갔습니다.
그날도 힘들고 지친 날이었습니다.
그날의 산모는 쌍둥이를 출산했는데
쌍둥이 대부분은 인큐베이터에 넣어
상태를 계속 체크해야 했기에 할 일이 더욱 많아졌습니다.
빨리 처리하고 쉬고 싶은 마음뿐이었습니다.
그런데 아기들을 각각 인큐베이터에 옮기려는데
이 쌍둥이 형제가 서로 손을 잡고 있는 게 아니겠습니까.
그 모습을 한 수습 간호조무사가 싱글거리며 쳐다보고 있었습니다.
열 달이나 같이 엄마 배 속에 있었으면서
나와서도 저렇게 손을 잡고 있는 게
꼭 아직은 헤어지고 싶지 않다고 말하려는 것 같다며
귀엽고 사랑스러워 어쩔 줄 모르겠답니다.
원래 신생아들에게는 손 안에 들어오는 건 뭐든지 쥐고 보는
원시반사가 있습니다. 이 사람은 공부도 제대로 안 했나

미심쩍어하고 있는데 이렇게 말하는 것이었습니다.
"아마도 원시반사겠지만 정말 서로 헤어지기 싫어서
손을 잡고 있는 것일 수도 있다고 생각해요.
얘들은 배 속에서 열 달을 함께 산,
기적에 버금가는 쌍둥이 형제잖아요!"
그 말은 저에게 신선한 충격으로 다가왔습니다.
이 간호조무사와 같은 마음으로 아이들을 바라보던
처음의 제 모습은 어디로 갔을까요?

산해진미도 매일 먹다 보면 질리기 마련이고,
좋은 경치도 매일 보다 보면 무덤덤해지지요.
하지만 절대불변의 감동과 진실은 반드시 존재합니다.
처음의 마음으로 한번 되돌려보세요.

감동

양초 두 개

한 남자가 이사를 했습니다.
그런데 이삿짐 정리가 채 끝나기도 전에 정전이 되었습니다.
그가 성냥과 양초를 겨우 찾았을 때 똑똑, 하고 문을 두드리는
소리가 들렸습니다. 문을 열어보니 한 아이가 서 있었습니다.
"아저씨, 양초 가지고 계세요?"
'이사 온 첫날부터 나에게 양초를 빌려달라고 하는 걸 보니
지금 양초를 빌려주면 앞으로도 계속 이것저것 빌려달라고 하겠지?'
이런 생각에 그는 이렇게 말했습니다.
"애야, 우리 집에는 양초가 없단다."
그리고 문을 닫으려는 순간, 아이가 소리쳤습니다.
"아저씨, 하필이면 아저씨가 이사 온 첫날에 정전이 돼서
짐 정리하시는 데 불편하실까 봐 제가 양초를 가지고 왔어요!"
아이는 양초 두 개를 그에게 내밀었습니다.
남자는 아이의 맑은 눈을 똑바로 쳐다볼 수가 없었습니다.

어른들은 계산이 앞서서 의심이 많습니다.
우리는 어른의 시선으로만 모든 걸 바라보고 있는 건 아닐까요?

네.
고맙습니다.
많이
어두우셨죠?

친구잖아, 뭐 어때

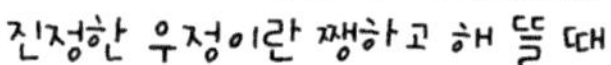
진정한 우정이란 쨍하고 해 뜰 때

...가 아닌

여대생이 되고, 마음이 맞는 새로운 친구들을 사귀게 되었습니다.
하지만 가까이하기 꺼려지는 친구도 있었습니다.
자신 없는 눈빛, 기어들어가는 목소리, 후줄근한 옷.
성적도 고만고만해서 조별 과제 모임에 끼워주기도 애매한 친구.
어느덧 저희는 그 친구를 조금씩 피하고 있었습니다.
그래도 그 친구는 학과 모임에 빠지지 않으려고 했습니다.
때로는 돌려서, 때로는 직접적으로 그 친구에게
불편함을 표현했지만 소용이 없었습니다.
"우린 친구잖아, 뭐 어때."
대놓고 면박을 주는 아이들 사이에서 그 친구는 항상 웃으면서
그렇게 말하곤 했습니다.
그러다 저의 대학 생활이 거의 끝나갈 때쯤

깊은 밤하늘처럼

어둡고 힘들 때 알 수 있는 것.

어머니가 갑작스럽게 백혈병 판정을 받게 되었습니다.

저희 집 전세금과 아버지 퇴직금이 모두 병원비로 들어가는 바람에

저는 학교를 마치기가 어려워졌습니다.

학교에서 친하게 지내던 친구들은

저의 이런 사정을 알지 못했습니다.

'걔 요즘 바쁜가 보네' 정도의 이야기만 오갈 뿐

저에게 큰 관심을 두지 않았습니다.

하지만 단 한 사람, 제가 가까이하기를 꺼려했던 그 친구만이

병원으로 저를 찾아와서는 말없이 작은 봉투 하나를 내밀더군요.

열어 보니 헌혈증서였습니다. 3년간 모은 스물여섯 장의 헌혈증서.

거기에는 바로 그날 헌혈하고 받아 온 것도 포함되어 있었습니다.

저는 친구에게 이렇게 어렵게 모은 것을

왜 나에게 주느냐고 물었습니다.
그 친구의 대답은 언제나 같았습니다.

“우린 친구잖아, 뭐 어때.”

그 후 8년이 지났습니다.
저와 그 친구는 여전히 좋은 우정을 나누고 있습니다.
아! 최근 한 가지 불만이 생겼네요.
그 친구가 저보다 먼저 시집을 간다는군요.
“내 친구 소현아! 사랑한다! 행복해야 해!”

진정한 친구는 어려운 때일수록
그 진가가 더 잘 드러납니다.
남들이 다 외면할 때 손 내밀어주는 이런 친구야말로
평생 믿고 함께할 사람 아닐까요?

걸음이 느린 아이

저는 성격이 급한 편입니다.
말이 나오면 바로 해야 직성이 풀리는 사람이지요.
그래서 처음에는 제 딸을 이해하지 못했습니다.
딸은 좀 느린 편입니다.
말도 느리고 걷는 것도 느려서
함께 마트라도 갈라치면 제가 몇 번이고
중간에 짜증내기 일쑤입니다.
"넌 도대체 왜 그렇게 느려 터졌니!" 하고 말이죠.

얼마 전, 저는 여느 때처럼 빨리 가자고 딸을 재촉하면서
지하철 계단을 내려가고 있는데
딸이 갑자기 오던 길로 되돌아가더군요.
갈 길도 바쁜데 어딜 가나 의아해서 뒤돌아보았죠.
딸이 어떤 아저씨의 짐을 대신 들어주고 있더군요.
다리를 저는 아저씨가
힘겹게 무거운 짐을 들고 가고 있었나 봅니다.
전 마음만 급해서 주변을 돌아볼 여유조차 갖지 못했는데
제 딸은 그 모습을 보자마자 도와줄 요량으로
왔던 길을 되돌아간 것이죠.

아저씨 짐을 들어주고 곱게 인사까지 하고 제가 있는 쪽으로
생글생글 웃으면서 오는데, 제가 한 수 배웠습니다.

딸은 조금 느리기는 해도 주변 사람을 돌아보고
그들에게 도움을 줄 줄 아는 따뜻한 아이였습니다.
제가 그런 모범을 보인 적도 없는데 말입니다.
늘 딸을 재촉하기만 하고 답답해하기만 한 제 자신을
반성하게 되었습니다.
그런 예쁜 마음을 키우느라 딸의 발걸음이 느렸나 봅니다.

때로는 느리게 걸어야
길섶의 풀과 꽃도 보입니다.

100KM

60KM

30KM

여유로울수록 인생의 시야는 넓어집니다.

사랑하는데

언니는 가족과 연락을 끊고 살았습니다.
아버지 때문이었습니다.
스무 살 무렵부터 아버지는
언니에게 가게 일을 혹독하게 시켰는데,
그 때문에 둘 사이는 항상 안 좋았습니다.

한 번은 언니가 결혼할 남자를 데려왔는데
아버지가 심하게 반대하는 바람에 성사되지 못했습니다.
그 문제로 계속 사소한 싸움이 이어지다가
결국 아버지가 언니에게 손찌검까지 하게 되었고
그 길로 집을 나간 언니는 돌아오지 않았죠.

언니가 집을 나간 지 9년이 지난 어느 날
아버지가 갑작스럽게 돌아가셨습니다.
저는 언니에게 연락을 했습니다.
장례식장에서 본 언니는 아직도 아버지를 용서하지 못했는지
별로 슬퍼하는 표정도 아니었습니다.

그런데 식이 끝나고 아버지 유품을 정리하던 언니가

아버지가 쓰시던 지갑을 열어 보고는 갑자기 저를 와락 껴안더니
한참을 아무 말도 하지 않는 것이었습니다.

지갑 속에는 아버지와 함께 웃고 있는
언니의 어릴 적 사진이 들어 있었습니다.

신호없음

지우려 해도 지워지지 않는 게
부모와 자식 간의 사랑입니다.
기다리기보다는 먼저 부모님께 다가가세요.

생각의 방향에도
양보와 이해가 필요합니다.

공짜는 싫어

빈 상자를 현관문 앞에 내놓자마자 어김없이 가져가시는 할머니.
할머니는 벌써 몇 년째 동네를 돌아다니며
재활용품을 수거해 생계를 이어가시는 듯합니다.
사실 처리하기 귀찮은 재활용품을
할머니가 대신 치워주는 셈이니 고맙다는 생각이 들면서도
할머니의 남루한 옷차림에서 지저분함이 묻어올 것만 같아
제 아이들에게는 할머니에게 너무 가까이 가지 말라고
일러두었습니다.

어느 날, 초인종 소리가 나서 문을 열어 보니
그 할머니가 서 계셨습니다.
"무슨 일이세요?"
지저분한 옷과 냄새에 저는 인상부터 찡그리고 물었습니다.
"이거……."
할머니는 까만 손으로 만 원짜리 지폐 한 장을 내밀었습니다.

"아까 주운 박스 안에 만 원이 있더라고. 이 집 것 같아서……."
정신없이 청소하다가 흘린 만 원이 빈 상자 안에 들어갔나 봅니다.
저는 고맙기도 하고 측은한 마음도 들어

"그냥 할머니 쓰세요!" 하고 말했습니다.

그런데 할머니는 만 원을 도로 제 손에 쥐어주시고는

이렇게 말씀하셨습니다.

"아녀, 난 공짜는 안 바래. 그냥 빈 상자 팔아서 돈 벌겨!"

내가 어려운 사람을 돕는 것이 아니라

어려운 사람이 내게 도울 기회를 주는 것은 아닐까요?

세상은 내가 아는 것보다 더 많은 걸 가르쳐줍니다.

아저씨도 배고프죠? 같이 먹어요.
괜찮아.
구호물자
배고프지 않아.
내 마음의 배는 이미 가득 찼는걸…

싸우지 말고 웃으세요

아내의 성화로 마지못해 다녀온 웃음치료 강좌에서
일상생활에서 응용할 수 있는
독특한 웃음법을 알려주었습니다.
전등 스위치, 방문 손잡이, 냉장고 손잡이, 청소기 등에
스마일 스티커를 붙여 두고 그것을 만질 때마다
큰 소리로 웃는 것입니다.

아내와 다섯 살 난 아들 녀석은 그것이 재미있는지
한동안 집 안에서는 웃음소리가 끊이지 않았습니다.
별 흥미가 없었던 저는
가끔 아들의 강요로 '허허' 하고
억지로 웃어주는 게 다였습니다.

그러던 어느 날, 아내와 크게 싸웠습니다.
저희 두 사람은 동네가 떠나가라 서로에게 소리를 질러댔습니다.
그런데 갑자기 전등이 꺼졌다 켜지기를 반복하더군요.
주변을 살피니 아들 녀석이 전등 스위치를 올렸다 내렸다 하면서
기죽은 목소리로 "하하하, 하하하" 억지 웃음소리를
내고 있었습니다.

'싸우지 말고 웃으세요'라는 뜻이었겠지요.
그 모습을 본 아내와 저는 동시에 웃음을 터트렸습니다.

지금은 그때 싸운 이유가 뭔지도 모르겠습니다.

어린아이의 순수한 마음은
얼어붙은 어른들의 이기심을 녹여줍니다.
아이는 어른들의 영원한 교사입니다.

세상 사는 맛

얼마 전 외출하려고 차를 타려는데 범퍼가 찌그러져 있었습니다.
누가 부딪쳐놓고 몰래 달아난 것 같은데 본 사람도 없고
어디 하소연할 데도 없어 그저 혼자 투덜거리며
정비소를 찾았습니다.
가뜩이나 억울한데 수리비까지 제 돈으로 내자니
너무나 아깝고 울화가 치밀었습니다.
간신히 화를 억누르며 젊은 수리공에게
수리비가 얼마나 나올지 물었습니다.
그런데 그 수리공이 씨익 웃으며 이렇게 말하는 것이었습니다.
"제가 얼마를 받으면 좋으시겠어요?"
예상치도 못한 수리공의 대답에
저는 이 친구가 나를 놀리는 건가 싶었습니다.
그래서 저는 덜컥 "그럼 공짜로 해주쇼"라며
퉁명스럽게 되받아쳤습니다.
수리공은 웃는 얼굴로 차를 고치기 시작했습니다.
괜한 농담이려니 했는데 수리가 끝나고 돈을 내려고 하자
정말 안 받겠다고 하는 것이었습니다.
범퍼 고치는 데 한두 푼 드는 것도 아니고
아무리 생각해도 그건 경우가 아닌 것 같아

억지로 돈을 쥐어주려는데
수리공이 그러면 음료수나 하나 사달라고 하는 것이었습니다.
조금 어이가 없긴 했지만 일단 가게에 들러 음료수를 사왔습니다.
젊은 수리공은 흐뭇한 표정으로 음료수를 마시며
이렇게 말하더군요.

"아침부터 차 때문에 기분 많이 상하셨을 텐데
이렇게 기분 좋은 일도 있어야 세상 사는 맛이 나지 않겠어요?"

팍팍한 삶 속에서 마음의 여유를 가지기란 너무나 힘듭니다.
그렇지만 살다 보면 이렇게 기분 좋은 여유를
선물 받는 순간도 오기 마련이지요!

그때도 알았더라면

저희 집은 딸만 둘입니다. 어머니는 제가 스무 살 때 돌아가셨고
저는 2년 전에 결혼해서 아이가 하나 있습니다.
아버지는 틈만 나면 저희 집에 들러 손자를 돌봐주십니다.
어찌나 귀여워하시는지…….
덕분에 저도 아이를 돌보는 부담이 조금 줄어들었습니다.
농담처럼 아버지께 손자가 그렇게도 예쁘냐고 여쭤보았더니
아버지는 눈에 눈물이 그렁한 채 너털웃음을 지으시며
그렇다고 말씀하셨습니다.

"너네 어렸을 때 너희 엄마 혼자 너희들을 돌봤다.
그때는 이렇게 도와주지 않았지. 크게 싸운 적도 많았고
이해도 잘 못해줬어. 아기 돌보는 게 이렇게 힘든 일인 줄
그때는 미처 몰랐던 거야. 지금 생각하면 너희랑 너희 엄마에게
얼마나 미안한지……. 그때 못했던 걸 지금은 하고 싶단다."

세월이 흐를수록 사람은 깨닫는 바가 많아집니다.
지금의 당신 또한 예전과는 많이 달라졌을 것입니다.

받아. 당신이 좋아하는 꽃이야. 예쁘지?
이건 신고 싶어 했던 구두. 당신 발에 딱 맞을 거야.
과일도 좀 사왔어. 먹어봐.
……
조금만 더 빨리 깨달았다면…
여보… 미안해…

이렇게 또 하나를 배웁니다

교훈의 편지

두 환자

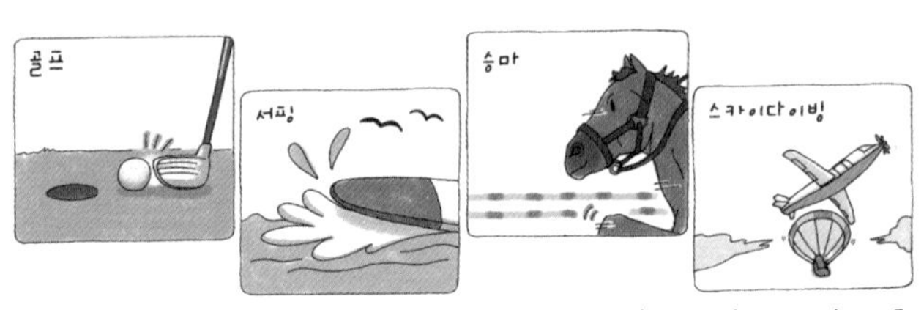

두 팔과 다리가 없는 그가 할 수 있는 일들.

저는 종합병원 물리치료실 직원입니다.
얼마 전 저는 자신의 아픔을 대하는 태도가
극명히 다른 두 환자를 동시에 겪었습니다.
한 명은 공장에서 일하다 왼손 손가락 두 개를 잃은 사람인데
그 사람이 병원에 올 땐 직원들에게 비상이 걸립니다.
세상과 회사에 대한 불평불만이 어찌나 많은지
그 환자 얼굴만 봐도 제가 다 피곤해질 정도입니다.
두 손가락 없이 앞으로 세상을 어떻게 살아가느냐부터 시작해
자식들은 어떻게 키우느냐, 집이나 회사에서 자신을 바라보는
사람들의 눈이 달라졌다, 사람들은 원래 다 그러느냐까지
자조 섞인 한탄이 끝없이 이어집니다.
다른 한 사람은 몸 상태가 더 안 좋습니다.
교통사고로 오른쪽 다리를 크게 다쳐

내가 가지지 못한 것보다
내가 가진 것에 집중하세요.

– 닉 부이치치

행복과 불행 모두 자신의 마음에 달렸습니다.

휠체어를 타고 병원에 옵니다.
하지만 그 환자는 직원들에게 웃으면서 말을 겁니다.
불평불만도, 미래에 대한 걱정도 하지 않죠.
단지 이렇게 말할 뿐입니다.

"사람은 나중엔 누구나 장애인이 됩니다.
난 조금 빨리 된 것에 지나지 않아요!"

불행은 누구에게나 찾아오지만
받아들이는 사람의 태도에 따라 그 크기가 달라집니다.
삶을 풍요롭게 할 수 있는 것은 우리 자신뿐입니다.

우리 국적은 사람나라 사람

저는 한국어를 공부하는 재일교포 3세로
한국에서 유학생활을 하고 있습니다.
한국에 있으면서 일본에 대한 한국인들의
상상을 초월하는 적개심에 놀랄 때가 많습니다.
그날은 한국과 일본의 축구 평가전이 있었던 날입니다.
저는 주점에서 술기운에 조금 흥분했는지 저도 모르게
양쪽 선수 모두에게 힘내라는 응원을 일본어로 외쳤습니다.
그런데 그 소리를 들은 옆자리 남학생들이
시비를 걸어왔습니다.
일본이 이겨서 그런지 화풀이 섞인 주정이었습니다.
저는 담담했지만 제 한국인 친구 중 하나가
참지 못하고 벌떡 일어나 그들에게 따졌습니다.
하지만 그들은 제 친구를 더욱 비난했습니다.
"한국인이 일본인을 편들면서 같은 한국인에게 대항하네?
넌 국적이 어디냐? 이 매국노야!"
친구는 지지 않고 말했습니다.

"나는 지금 일본인이 아니라 내 친구를 편들면서
한국인이 아닌 바로 당신에게 대항하는 거야.

그리고 우린 한국, 일본 구분 같은 거 없어.
우리 국적은 그냥 사람나라 사람이다! 알겠냐?"
벌써 몇 년 전 일이지만
저는 친구의 그 말을 평생 잊지 못할 것입니다.

'우리는 사람나라 사람이다!'

너와 나는 직업이 다르니까,
너와 나는 태어난 나라가 다르니까,
너와 나는 생김새가 다르니까.
아무리 서로 다른 조건을 많이 가지고 있더라도
우리는 '사람'이라는 공통점을 가지고 있습니다.

슥~

우리는 하나!
짠~

꿈을 이루는 방법

그녀는 유명한 사진학과 출신이 아니었습니다.
의생활학과를 졸업했지만,
사회에 나오기 전에 그 길은
이미 자신의 길이 아님을 알았지요.

경북 왜관, 시골에서 상경한 그녀는
카메라 하나만 달랑 들고
대학 동아리에서 처음으로 사진을 시작했습니다.
그런 그녀를 사진계에서는 인정하지 않았습니다.
심지어는 왕따까지 당했습니다.
"전공도 안 했으면서 뭘 안다고!"

이것은 2009년 패션잡지 《바자》에서 수여하는
'올해의 포토그래퍼상'을 수상했으며
각종 패션 사진, 영화 포스터, 연예인 촬영 작업에서
국내 최고로 통하는 사진작가 조선희 씨가
처음 사진을 시작할 때의 이야기입니다.
그녀는 사진작가의 보조로 일하던 때를 이렇게 회상합니다.

"그때는 정말 사진에 미쳤었어요. 잠도 안 오고,
억지로 잠을 청하면 꿈에서도 셔터를 눌렀어요.
뭘 하든지 미쳐야 되는 것 같아요.
미친 사람을 누가 감당하겠어요?"

일을 즐기는 것은 인생의 반을 즐기는 것입니다.

오우~섹시해~
가만히~OK!
찰칵!
여기 50층
이에요....
내려가세요.

같이 걸어가 주면 돼요

저는 인천에서 제과점을 운영하고 있는 두 아이의 엄마입니다.
두 아이 중 둘째인 제 아들은 올해 열 살인데
2학년 1학기 때부터 3학년 2학기인 지금까지
내리 네 번이나 반장에 선출되었습니다.
그런 아들이 하도 기특해서 어떻게 네 번이나 반장을 하게 되었냐고
물었더니 이런 대답이 돌아왔습니다.

"반 아이들과 친구가 되면 반장이 될 수 있어요. 친구가 되는 방법은
첫째, 친구의 눈을 똑바로 쳐다보고 둘째, 친구가 하는 이야기를
다 들어주고 셋째, 이야기가 끝나면 어깨동무를 하며
등을 두드려주고 넷째, 같이 걸어가 주면 돼요."

열 살짜리 아이가 어떻게 우리가 인생을 살아가는 데 있어서
가장 기본이 되는 행동과 리더십을 터득할 수 있었는지
저는 그저 대견스럽기만 했습니다.
네 번째 반장이 되었을 때는 축하의 의미로 피자를 사주었는데
피자를 다 먹고 난 다음에 아이가 제 손을 잡고
이렇게 말하는 것이었습니다.

"엄마, 바쁘신데 저를 위해 소중한 시간을 내주셔서 고마워요.
저는 1년 동안 이 시간을 기억하면서 지낼 거예요."

그때는 무심코 듣고 가게로 돌아왔는데
일을 하는 중에 아들이 한 말이 계속 떠올랐습니다.
제게 주어진 삶에 언제나 감사하다는 생각은 했지만
이런 기특한 아들이 있다는 사실에 새삼 어찌나 행복해지던지요.
그때부터 저는 어려운 일이 생길 때마다
든든한 아들의 말을 떠올리며 힘을 낸답니다.

사람들이 큰 발명이나 위대한 일로만 감동받는 것은 아닙니다.
이처럼 짧은 말 한마디에도 희로애락을 느낄 수 있지요.
당신은 어떤 말을 하며 살고 있나요?

영광의 상처

저는 소방관입니다.

1998년도에 화재를 진압하다가 다리에 화상을 입었습니다.

비록 다른 사람의 목숨을 구하긴 했지만

험한 화상 자국과 함께

다리를 조금씩 절게 되는 후유증이 남았습니다.

작년에 가족이 다 함께 해수욕장에 놀러갔습니다.

저는 다리도 불편하고 수영할 생각도 없고 해서

가만히 모래사장에 누워 있었는데

사람들이 지나가면서 자꾸 제 다리에 묘한 시선을 주었습니다.

저는 한참 고민하다가 모래로 다리를 덮었습니다.

사랑하는 가족들까지 사람들의 수군거림으로

즐거운 휴가를 망칠까 봐 두려웠기 때문입니다.

그런데 수영을 마치고 나온 딸의 표정이 심상치 않았습니다.

눈치가 빠른 딸은 부자연스럽게 다리를 모래로 덮은

저를 한번 보고는 손으로 재빨리 제 다리 위에서

모래를 걷어내더군요.

"아빠 다리의 상처는 다른 사람을 구한 영광스런 표시예요.
남들이 어떻게 바라보든 신경 쓰지 마세요.
전 이 다리가 정말 자랑스럽거든요. 앞으론 절대 숨기지 마세요!"

세상 모든 사람이 당신을 오해하더라도
곁에 있는 한 사람이 당신을 이해해준다면
그걸로 충분하지 않을까요?

투우사의 결정적 한 방

투우사의 마지막 한 방이면 황소는 곧 쓰러질 판이었습니다.
하지만 투우사는 공격하지 않았습니다.
천진한 눈빛으로 살려 달라 애원하는 소가
자기 앞에 서 있었기 때문입니다.
그 순간 투우사의 내면 깊숙한 곳에서부터 정의감이 끓어올랐고
그는 자신이야말로 구원받아야 할 추악한 존재임을 깨달았습니다.
순간적인 양심의 가책과 황소의 눈빛 속 메시지는
그로 하여금 경기장을 뛰쳐나가
투우반대운동을 시작하게 만들었습니다.

그의 이름은 토레로 알바로 무네라Torrero Alvaro Munera입니다.
그 후 스페인 카탈루냐 주에선 투우금지법이 통과돼
2012년부터 투우 경기가 더 이상 열리지 않습니다.

양심은 세상을 변화시키는 결정적 한 방입니다.

당신의 동정심이 향하는 곳

저는 특수학교에서 4년째 자원봉사를 하고 있습니다.
처음 봉사활동을 간 시설에서
아이들의 뒤틀린 몸을 보며 많은 충격을 받았습니다.
그 아이들이 너무나 불쌍하게 느껴져 울기도 많이 울었지요.
아이들을 볼 때마다 내 건강에 대해 감사하게 되었고
그들을 위해 일한다는 것이 정말 뿌듯했습니다.

어느 날 아이들이 있는 학교에 갔는데
뜻밖의 장면을 보게 되었습니다.
저에게 이것저것 잘 가르쳐주시던 학교의 선생님 한 분이
큰소리로 한 아이를 야단치고 있는 것이 아니겠습니까.
꾸중을 듣는 아이는 소아마비로 잘 걷지도 못할뿐더러
눈도 잘 보이지 않는 아이였습니다.
그런 아이를 저렇게 심하게 대하시다니.
기분이 상한 저는 조용히 선생님을 불러 말씀드렸습니다.
"불쌍한 아이한테 너무 심하신 것 아닌가요? 저는 선생님이
좋은 분이라고 생각했는데 이제 보니 동정심도 없는 사람이군요."
그러자 그 선생님은 당당히 이렇게 말씀하시더군요.

"저는 그 아이를 조금도 동정하지 않아요.
그 아이는 저보다 훨씬 굳세고, 따뜻하고, 올바른 아이지요.
동정은커녕 오히려 저 아이가 부러울 정도예요.
다만 저 아이에게는 몇 가지 장애가 있어 간혹 실수를 하기도 해요.
저는 교사입니다. 제가 할 일은 그 아이가 지금 당장 편하도록
돌보는 것이 아니라 졸업 후 사회에 나갔을 때
저지를 수 있는 실수를 최대한 줄이도록 돕는 거예요.
그러기 위해서 가끔은 따끔하게 혼낼 필요도 있어요.
사실 관심이 없으면 화도 안 나는 법이거든요."

당신의 동정심이 혹시 우월감의 다른 표현은 아니었나요?
진짜 불쌍한 사람은 다른 사람의 마음을
보지 못하는 사람입니다.

어서 올라오렴.
거긴 위험해..
불쌍해라..
아직 세상을
모르는군..
난 괜찮아요.

나를 변화시킨 소중한 한마디

요즘 같은 경기 침체에 남보다 뒤처지면 안 된다는 압박감,
남보다 하나라도 더 뛰어나야 한다는 강박관념에 사로잡혀
오늘도 어김없이 서점에 들렀습니다.
이제는 그림공부도 해야 할 판이라 기본부터 닦기 위해
스케치를 배울 수 있는 책을 찾아보았습니다.
책을 한 권 빼든 순간, 저는 놀라움에 입을 다물지 못했습니다.
저로서는 도저히 하지 못할 것 같은 스케치가
수두룩하게 그려져 있었고, 생전 처음 들어보는 말들이
저를 더욱 난처하게 만들었습니다.
"하아……."
한숨이 절로 나오고 이건 도저히 내가 할 수 없겠다는
절망감을 느끼며 책의 머리말 부분을 펼쳤습니다.
"이 책을 펼치는 순간 당신은 이렇게 생각하겠지요.
'나는 절대로 이렇게 선을 그릴 수 없어!', '이건 나에겐 너무 무리야!'
이런 상투적인 변명을 늘어놓고 있을 게 뻔합니다."
저는 깜짝 놀라 머리말을 마저 읽어 내려가기 시작했습니다.
책의 저자는 이렇게 말했습니다.

"뜻이 있는 일은 어느 것이나 처음에는 불가능하게 보입니다."

순간 저는 심장이 멈추는 듯한 감명을 받았습니다.
저는 그 책으로 그림공부를 시작했습니다.
불가능해 보였던 드로잉이 이젠 제법 자리를 잡아가고 있습니다.
그림을 연습하기 전과 지금은 실력 차이가 많이 납니다.
업계에서 제 인지도도 상당히 높아졌지요.
뜻이 있는 일은 어느 것이나 처음에는 불가능해 보이지만
하루하루 노력에 노력을 더한다면
분명 만족할 만한 결과를 얻게 된다는 걸 깨달았습니다.
그 누구도 처음부터 잘할 순 없으니까요.

해보지도 않고 포기하시겠습니까?
힘들다고 포기하기엔 아직 이르지 않습니까?
의미 있는 인생을 살고 성공하기 위해서는
불가능 앞에 당당히 맞설 수 있는 용기,
발전을 위한 노력이 필요합니다.
땀과 눈물 없는 성공은 모래성일 뿐입니다.

마린보이 박태환도.
박태환!
금메달!!

피겨여왕 김연아도..
와~
와~

처음부터 잘한 것은 아니었어.
쥐 쥐~~
돈다..
돌아~

온 세상이 더러워질까 봐

하루는 일곱 살 난 작은딸 의진이가 현관문 앞에서
큰 소리로 저를 불렀습니다.
"의진이 왔니? 문 열렸으니까 들어와."
그러자 의진이가 다시 큰 소리로 외쳤습니다.
"엄마! 제 손에 든 것이 많아서 문을 열 수가 없어요!"
무슨 소린가 해서 문을 열어 보니
딸아이가 양손에 쓰레기를 잔뜩 들고 서 있었습니다.
어찌 된 일이냐고 물으니 언니 오빠들이 학원 근처 분식집 앞에
쓰레기를 버리고 갔다면서 아이스크림 껍데기, 떡볶이 컵 등을
주워 양손 가득 들고 집까지 가져온 것이었습니다.
아파트 올라오는 언덕에서 쓰레기 하나라도 놓치지 않으려고
애를 많이 썼는지 얼굴은 빨갛게 상기되었고
손등에는 떡볶이 컵에서 흘러내린 국물 범벅이었습니다.
"온 세상이 더러워질까 봐 제가 다 들고 왔어요!"

세상이 아름다움을 유지할 수 있는 건 아이들이 있기 때문입니다.
아이들은 우리의 희망입니다.

내가 예쁘게 해줄게~

꼴찌 말의 위대한 은퇴

백 번을 뛰고도 단 한 번도 우승하지 못한 경주마.
이 대기록의 주인공은 '위대한 꼴찌마'로 유명한
경주마 '차밍걸'입니다.
마지막 경기에서 차밍걸은 열네 마리의 출전마 중 12위로
결승선을 통과하면서 한국 경마의 최대 연패기록인 동시에
현역 경주마 중 최다 출전기록인 101전 101패라는
위대한 기록을 남기고 은퇴식을 가졌습니다.
한 번도 우승한 적이 없어 소위 '똥말'이라 불렸지만
사람 나이로 치면 환갑이 다 된 차밍걸의 근성과 성실함에
사람들은 큰 박수를 보냈지요.
은퇴식에서는 우등상보다도 값지다는 개근상이 주어졌습니다.
1등만이 인정받는 각박한 세상 속에서
경주마 차밍걸이 보여준 성실함과 끊임없는 도전정신은
수많은 사람의 가슴속에 아름다운 기록으로 남을 것입니다.

늘 남들보다 앞서야만 성공하는 것은 아닙니다.
천천히 걷는 소가 만 리를 갑니다.

무려 20년 동안 물지게만으로 사막에
80만 그루의 나무를 심은 중국여성 '인위쩐'
그가 가꾼 숲의 크기는 4600헥타르에 달한다.

같은 곳을 바라보았지만

병원의 작은 병실, 두 환자가 누워 있었습니다.
한 명은 폐암 말기 환자였고
다른 한 명은 디스크 환자였습니다.
디스크 환자는 침대에 꼼짝없이 누워 있어야 했습니다.
그는 일어나서 창밖을 내다보는 폐암 환자가 부러웠습니다.
디스크 환자는 폐암 환자에게
도대체 밖에 무엇이 있느냐고 물었습니다.
폐암 환자는 눈을 지그시 감고 말했습니다.
"아름다운 호수에 보트와 백조가 한가로이 떠 있고
호숫가를 산책하는 여인들과 잔디밭에서 놀고 있는
아이들이 보여요."
디스크 환자는 질투가 났습니다.
창쪽 침대를 배정받아 좋은 구경은 혼자 다하는 폐암 환자를 보니
억울하다는 생각이 들었기 때문입니다.

어느 날 밤, 폐암 환자가 기침을 하기 시작했습니다.
디스크 환자는 그가 고통스러워하는데도
아무런 조치도 취하지 않고 그냥 내버려두었습니다.
'어차피 길지 않은 목숨, 저 사람이 어서 빨리 세상을 뜨면

그의 침대는 내 차지가 되고 그럼 나도 창밖 풍경을
마음껏 볼 수 있겠지'라는 이기적인 생각 때문이었습니다.

아침이 밝았습니다.
폐암 환자의 침대는 비워졌습니다.
디스크 환자는 창쪽 침대로 옮겼고
드디어 창밖의 아름다운 풍경을
볼 수 있으리라는 기대에 부풀었습니다.
하지만 아픈 허리를 부여잡으며 가까스로 내다본 창밖으로는
회색 콘크리트 담벼락만이 보였습니다.

어떤 이는 최악의 상황에서도 기쁨을 누리고
어떤 이는 어렵지 않은 상황에서도 다른 이를 질투합니다.
천국과 지옥은 마음속에 있습니다.

여보. 많이 힘들지?
아냐. 하나도 안 힘들어.
비싼 차가 왜 이래! 리어카보다 느리잖아!!
앞이나 똑바로 봐!

끝까지 믿어주는 친구

저희 아버지는 사람을 잘 믿고 잘 맞춰주는 편이라
주변에 친구가 많습니다.
하지만 그만큼 사기도 많이 당해서 가족들이 항상 걱정합니다.

한때 친구분과 동업을 하기도 했는데 그때 2억 원가량
돈을 떼이기도 했습니다.
저라면 그 친구와 당장 인연을 끊고 고소를 했을 텐데
아버지는 그렇게 하지 않으셨습니다.
이 사실을 알게 된 어머니가 가만히 있을 리가 없지요.
어머니는 아버지보다 더 속상해하셨습니다.

"당신은 왜 맨날 속고만 다녀요? 지금 웃을 여유가 있어요?"
하지만 아버지는 계속 너털웃음만 지으셨습니다.
"아무나 믿으니까 이런 일이 일어나는 거잖아요.
이제 친구 좋다고 쫓아다니지 마요!"
"아니야, 나중에 연락이 오겠지."
아버지는 그 와중에도 친구를 믿고 계셨습니다.

저희 아버지는 이제 팔순이 넘으셨습니다.

좋아했던 친구들의 장례식에 가면서
세월이 너무 빠르다고 서글퍼하십니다.
저희 아버지처럼 자신들을 끝까지 믿어주는 친구를 가졌던
그분들의 인생은 정말 축복받은 인생이라는 생각이 듭니다.

믿으면 배신당하고, 마음을 주면 상처만 되돌아오나요?
앞으로 절대로 배신당하지 않기 위해서
평생 사람을 믿지 않고 살아가실 건가요?
두려워 움츠리느니 용기를 내서 믿으세요!

나는 당신을 믿어요.

여행가의 괴로움

오랜 기간 사막을 여행하고 돌아온 여행가에게 기자들이 물었다.
"여행 중 가장 힘들었던 게 무엇입니까? 강렬한 햇빛인가요?
여행가는 고개를 가로저었다.
"부족한 물인가요?"
"말이 통하지 않는 것인가요?"
"긴 밤의 추위가 힘들었나요?"
여행가는 다음과 같이 말했다.

"그런 것은 저에게 전혀 문제가 되지 않았습니다.
저를 가장 괴롭혔던 것은 신발 속의 작은 모래 알갱이였습니다.
도무지 빠지지가 않더군요!"

밤을 지새우게 하는 고민거리는
알고 보면 아주 작은 원인에서 생겨납니다.
고민하고 계신 문제가 정말 큰 문제일까요?

혼자만의 점심시간

저는 지체장애가 있는 여고생입니다.
점심시간마다 저는 혼자서 밥을 먹습니다.
원래는 함께 밥을 먹던
친한 친구 현지가 있었지만
언젠가부터 제게 차츰 거리를 두더군요.
나중에는 다른 친구들하고만 밥을 먹고
저를 본체만체했습니다.

저는 혼자서 밥을 먹는 것에 점점 지쳐갔습니다.
교실에 덩그러니 혼자 앉아
아이들의 잡담을 듣는 것이 싫어서
혼자 운동장에 나가 밥을 먹기도 했지만
자꾸 서러워지더군요.

하루는 밥을 먹다가 그만 울음을 터뜨렸습니다.
이렇게 학교생활을 하고 싶지는 않았습니다.
다음날 저는 용기를 내서
현지에게 다가가 먼저 말을 걸었습니다.
"현지야, 왜 요즘 나랑 같이 밥 안 먹어?"

현지는 깜짝 놀란 얼굴이었습니다.
잠시 주춤하더니 이렇게 말하더군요.

“사실…… 친구들이 너와 친하게 다니면
이상해 보인다고 말해서 그랬어.
미안해. 내가 생각이 짧았어.
우리 다시 친하게 지내자!”

생각지도 못한 말에 저는 울음을 터뜨렸고
현지도 눈물을 보였습니다.

다음날 학교 교실에서 저는 같은 반 아이들에게
조심스럽게 인사를 건넸습니다.
“애들아, 안녕!”
아이들은 잠시 이상하게 서로 쳐다보더니
이윽고 웃으면서 제게 인사를 하더군요.

저는 그때서야 깨달았습니다.
제가 스스로 벽을 만들고 있었다는 것을…….

이제 반 아이들과 저는 함께 점심도 먹고
이야기도 나누며 친하게 지내고 있습니다.
제가 먼저 다가가면
세상이 바뀔 수도 있다는 것을
이제야 알게 되었습니다.

세상의 벽은 무척 단단하지만
어떤 벽은 내가 한 발짝 움직이면
기다렸다는 듯이 무너집니다.
먼저 움직여보세요!

어머니의 자원봉사

10년 전 일입니다.
제가 고등학생 때만 해도 저희 집 살림은 평범했습니다.
하지만 온 나라를 휩쓸었던 IMF 광풍은
아버지가 운영하시던 작은 공장을 흔적도 없이 날려버렸고
평생 전업주부로 살아오신 어머니는 파출부가 되어야 했습니다.
한순간에 빚쟁이가 된 아버지는 급기야 노숙자 신세가 되었고
얼마 지나지 않아 교통사고로 세상을 떠나셨습니다.
저는 눈물을 삼키며 대학 합격 통지서를 쓰레기통에 넣고
직업전선에 뛰어들어야 했습니다.
이후 저는 가정을 꾸렸고 이해심 많은 아내, 두 살 난 아이와 함께
어머니를 모시고 살고 있습니다.

저희 어머니는 하루도 거르지 않고
노숙자 무료배식 자원봉사를 하십니다.
때로는 아이를 업은 채 봉사를 나가 일을 하시는데
혹여 비위생적인 환경이 아이에게 해가 될까 싶어
어느 날은 어머니에게 그만 화를 내고 말았습니다.
그러자 어머니는 다음 날 당신이 자원봉사하시는 시설에
저를 데려가 구석진 자리에 앉히고는 식판에 밥을 떠주시면서

이렇게 말씀하셨습니다.
"거기가 네 아버지가 마지막으로 식사를 했던 자리다.
사업이 망하니까 친척도 친구도 모두 네 아버지를 버렸는데
유일하게 네 아버지를 받아준 곳이 여기야.
난 여기서 밥을 먹는 사람들이 더럽고 불쾌하다는 생각은
들지 않아. 그저 다 네 아버지 같은 사람이라는 생각만 드는구나."

저는 아무 말도 할 수 없었습니다.
대신 이제는 저와 아내도 함께 자원봉사를 하러 간답니다.

힘든 일, 어려운 일, 모든 사람이 기피하는 일에
가장 먼저 다가가는 사람이 진정 아름다운 사람입니다.

휴지 [명사] 1. 쓸모없는 종이.
2. 밑을 닦거나 코를 푸는 데 허드레로 쓰는 얇은 종이.

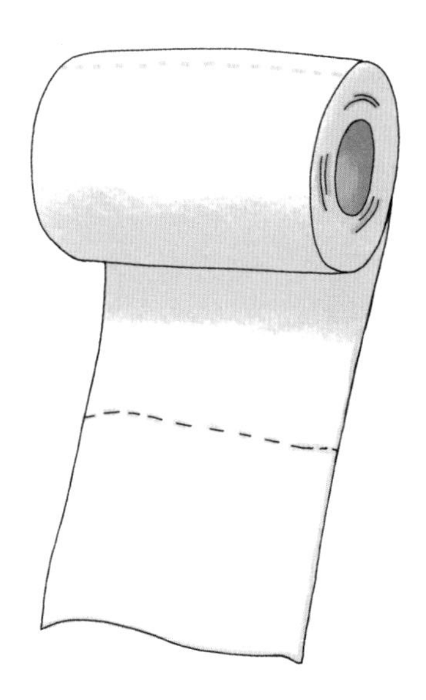

우리는 그 보잘것없어 보이는 존재 덕분에
깨끗하게 살아갈 수 있는 거야.

아이에게 가장 중요한 것

교육계에서 일한 지 20년.
남들보다 늦은 나이인 마흔셋에 첫 부임을 한 제게
아버지께서 물으셨습니다.
"아이에게 가르칠 것 중 가장 중요한 것은 뭐겠니?"
저는 정직, 성실 등 다양한 덕목이 떠올랐고
정답을 찾느라 고심하고 있었습니다.
그때 아버지께서 말씀하셨습니다.
"가장 중요한 것은 인내다."
지금까지 20년 넘게 생각해보아도 이보다 더 맞는 답은
없는 것 같습니다.
마흔일곱 해 동안 외팔로 여섯 자식을 키우면서 터득한
아버지의 삶의 지혜를 대학원까지 마친 저는
아직도 따라가지 못합니다.

높은 지식은 현명한 지혜를 따라잡을 수 없고,
명예로운 학식도 오랜 세월 속 경험을 따라잡을 수 없습니다.

지혜란 수많은 경험과 인내로 빚은 결실

도와 드려도 될까요

편의점 앞에서 친구랑 음료수를 마시며 이야기를 나누고 있는데
근처에 전동휠체어를 탄 아주머니가 보였습니다.
아주머니는 팔을 뻗어서 테이블 위의 샌드위치를 잡으려고 했지만
몸의 움직임이 자유롭지 않아서 그런지 잘 되지 않았습니다.
그때 함께 있던 친구가 아주머니에게 다가가 이렇게 물었습니다.
"제가 좀 도와 드려도 될까요?"
"그러세요."
편의점을 떠나 대로변으로 나온 뒤 친구에게
왜 그런 걸 물어보냐고 했더니 친구가 이렇게 답했습니다.
"내 입장에서는 도움이지만 상대방 입장에서는 기분 나쁠 수도
있거든. 옛날에 김연아가 스티비 원더에게 했던 행동 기억나?
스티비 원더가 마이크 전원을 못 켜니까 먼저 그 사람 비서에게
도와줘도 되느냐고 물었잖아.
내 입장만 중요한 게 아냐. 상대방 기분도 생각해야지."

나만을 기준으로 삼으면 삼라만상이 오해의 대상입니다.
타인의 입장에서도 생각하고 행동합시다!

더 있으니까 많이 먹어. 여우야~
지금 장난하냐?

창문 밖을 보는 두 사람

두 죄수가 똑같이 쇠창살을 통해서 밖을 내다본다
한 사람은 진흙을 보고, 다른 한 사람은 별을 본다

_프레드릭 랭브리지, 「불멸의 시」

비슷한 조건의 인생이라도
어떻게 받아들이느냐에 따라
행복해지고, 불행해집니다.

집이..

명품 대접

이미 막차가 끊긴 늦은 밤,

저는 택시를 잡기 위해 손을 흔들었습니다.

한참을 택시가 잡히지 않아 발만 동동 굴리는데

반갑게도 저 멀리서 '빈 차'라는 빨간 불빛이 보이더군요.

택시에 올라타니 기사님이 반갑게 인사해주었습니다.

빳빳하게 다려진 푸른 남방에 넥타이,

정갈하게 2:8 가르마를 타고 흰 장갑을 낀 모습이

한눈에도 굉장히 프로페셔널해 보이는 분이었습니다.

"와~ 기사님, 굉장히 멋쟁이세요!"

"그런 말 많이 듣습니다, 허허. 어디로 모실까요?"

저는 에너지가 넘치는 기사님과 이런저런 이야기를

나누기 시작했습니다.

기사님은 6개월 전까지는 중견기업의 임원으로 계시다

명예퇴직을 하고 이렇게 택시 운전을 하게 되었다고 했습니다.

"몸이 너무 근질근질해서 도저히 집에만 있질 못하겠는 거야.

택시 운전이라는 게 눈에 확 들어왔지. 손님과 사는 얘기도 나누고

이리저리 돌아다닐 수도 있고 말이야. 허허허."

"택시 운전이라는 게 고된 일인데 가족분들이 반대하진 않으셨어요?"

"처음엔 반대도 심했지. 임원까지 했던 사람이

왜 사서 고생을 하느냐, 사람들 보기 부끄럽다,
그런 쓸데없는 잔소리나 하면서 말이야.
근데 학생, 재밌는 게 뭔지 알아? 내가 6개월 만에
회사에서 월급 1등이 됐어, 1등!
사람은 말이야, 주변 환경을 탓하기 전에
스스로를 명품이라 생각해야 해.
스스로 빛을 발할 때 언제 어디서나
명품으로 대접받는다는 걸 명심하라고."

나 자신을 명품으로 생각하며 아끼고 사랑하세요.
아끼고 사랑하다 보면 명품이 아닌 것도 명품이 됩니다.

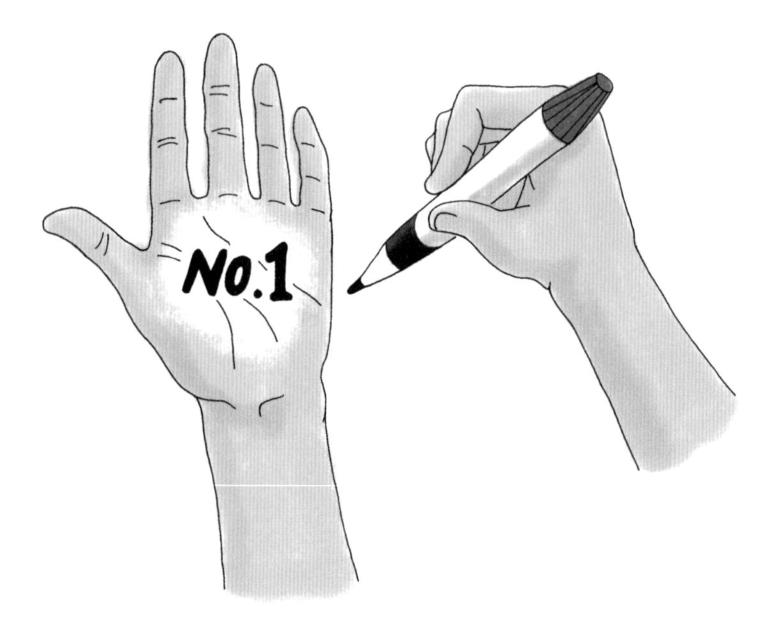
No.1

가불을 많이 하라

가불을 하라.
할 수 있으면 가불을 많이 하라.
돈을 말하는 것이 아니다.
미래를 가불하라.
10년 뒤에 이루어질 것을 미리 가불하여
그것을 신 나게 기뻐하는 것이다.
자격증 딸 것을 미리 가불하여 기뻐하고
사랑하는 이와 결혼하여 예쁜 아기가 태어날 것에 미리 감사하고
사업을 하여 많은 돈을 벌 것에 미리 넉넉해지는 것이다.

내 주위에 미래를 가불하여 큰소리를 치는 두 사람이 있었는데
그들은 미래를 가불하여 넉넉함을 소리치고, 기쁨을 소리치고,
감사를 소리치고, 몇 년 뒤의 목표 달성을 소리쳤다.
고지식한 나는 그들을 허풍쟁이라고 비난했다.
그러는 사이 그들은 나보다 수십 배나 큰 사업을 이루어냈다.

역사는 미래 가불자들이 만듭니다.

감사하는 마음이 모여 행복한 세상을 만듭니다

감사의 편지

당신이 참 좋다

남편은 제가 잘못을 해도 먼저 다가와 감싸주고
어려운 일이 있을 때에도 웃음으로 저를 이끌어주었습니다.
하지만 그런 남편은 불의의 사고로
너무나 일찍 제 곁을 떠났습니다.
저는 지금 남편이 없는 빈자리를 봉사의 기쁨으로 채우고 있습니다.
말기 암 환우를 돕는 호스피스로 일하면서
남편이 제게 준 뜨거운 사랑을 돌려주고 있습니다.
어제는 한 여성 환우분이 가늘고 힘겨운 목소리로
"당신이 참 좋다"라고 말씀해주시더군요.
그 작은 한마디 말에 가슴이 벅차올랐습니다.
저같이 부족한 사람이 누군가를 행복하게 해줄 수 있다는 사실에
정말 감사한 하루였습니다.
남편도 하늘에서 저를 보고 웃어주고 있겠죠?

다른 사람을 위해 봉사하는 것만큼 값진 일이 또 있을까요?
남을 위해 땀 흘리고 거기에서 기쁨을 얻는
"당신이 참 좋습니다."

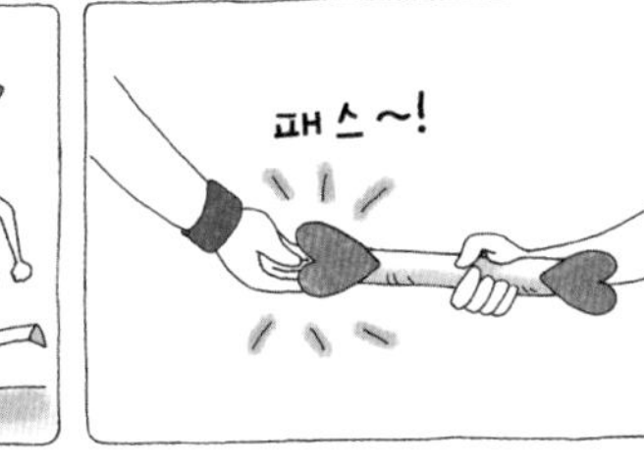
준비됐나요?

네!

패스~!

선행의 릴레이는 계속됩니다. 쭈욱~
제가 밀어 드릴게요.
고맙네

돌멩이 하나씩

저희 집은 다세대주택입니다.
오늘 꼭 받아야 할 우편물이 있었던 저는
우체부 아저씨를 기다리고 있었어요.
오늘따라 바람이 강하더군요.
그런데 대문 밖에 나가니 발밑에 우편물이 세대별로 구분되어 있고
그 위에 돌멩이가 하나씩 올려져 있었습니다.
강풍에 혹시나 편지가 날아갈까 봐
아저씨가 일부러 신경써주신 듯합니다.
그냥 알아서 찾아가라고 한꺼번에 놓을 수도 있었을 텐데.
많은 시간을 들이지 않고도 저에게 이런 감동을 선사해주신
우체부 아저씨, 정말 고맙습니다!

당신의 사소한 배려가 세상을 따뜻하게 합니다.
더불어 사는 세상, 우리 주변을 둘러봅시다.

당신의 따스한 배려가
세상을 웃게 합니다.

김치 한 통

집세를 못 낸 지 벌써 두 달째.
오늘도 주인 아주머니가 위층으로 올라가는
발걸음 소리를 듣고 나서야 겨우 집으로 들어갔습니다.
이 집에 산 지 벌써 4년째입니다.
여태 집세를 밀린 적이 한 번도 없었는데
두 달 전, 일하던 동물병원에서 해고당하면서부터
살림이 빠듯해졌습니다.
"여기서 일하기엔 나이가 너무 많아."
서비스업종에서는 친절함이 제일인 줄 알았습니다.
하지만 사회가 필요로 하는 건 젊고 예쁜 여성이지,
저처럼 나이 든 여자가 아니었던 것입니다.
눈물을 쏟는 것도 사치였습니다. 집세는커녕 밥값도 없었습니다.
지방에 계신 어머니께 손을 벌릴 수도 없었습니다.
그렇게 집주인을 피하면서 지내온 지 벌써 두 달이 된 것입니다.
집에 들어오자 마자 누군가가 방문을 똑똑 두드렸습니다.
열어 보니 역시나 주인 아주머니였습니다.
"불이 켜져 있기에 와봤어요."
아주머니 손에는 김치 한 통이 들려 있었습니다.
반찬이 남아서 가져오셨다더군요.

저는 사정을 말씀드리고 사과드렸습니다.
"그런 것 같았어. 요즘 계속 집에 있는 거 같더라고.
걱정하지 말아요. 여태껏 집세 한 번 안 밀렸는데.
내가 그렇게 박한 사람은 아니우."

껄껄 웃으며 가시는 그 모습이 어찌나 커 보이던지요.
그렇게 대책 없이 믿어준 아주머니 덕분인지
지금은 저에게 딱 맞는 직장을 구해서 열심히 살고 있습니다.
어르신의 그 따뜻함을 평생 잊지 못할 것입니다.

피치 못할 사정이 있는 사람을
기다려주는 여유가 필요합니다.
그 여유가 감사가 되어 돌아옵니다.

안녕~
꽥꽥~

10년 전 편지

“영웅아, 편지가 한 통 왔는데
세상에…… 10년 전 너한테서 온 거다.”

임용고사를 얼마 남겨놓지 않은 오늘,
어머니께서 의아한 표정으로 제 앞으로 온 편지 한 통을 건네셨습니다.
그때 문득 옛 기억이 떠올랐습니다.
중학교 2학년 때였습니다.
오직 좋은 성적을 내는 것만이 목적이었던
학창시절의 제 편협했던 생각을
선생님 한 분이 180도 바꾸어놓았습니다.

정충기 선생님.
ROTC 장교 출신인 그 선생님은 성적을 올려야 한다고
닦달하기보다 삶의 귀감이 될 만한 이야기를 해주시며
성적보다 더 중요한 것은 친구들과의 우정,
학창시절의 추억임을 일깨워주셨습니다.

어느 토요일 오후,
저희는 다른 반에서는 하지 않는 저희만의 단합대회를 가졌습니다.

즐거움에 들떠 있는 저희에게 선생님이 말씀하셨습니다.
"자! 선생님이 지금부터 편지지와 봉투를 나눠주겠다.
각자 필기도구를 꺼내서 10년 후의 나에게 편지를 쓰도록 해라."
그 당시 아이들은 선생님의 이러한 색다른 제안이 재미있어서
한 글자 한 글자 정성들여 편지를 썼습니다.
세월이 흐르면서 까맣게 잊고 있었던 그 편지가 10년이 지난 오늘,
제 손에 도착한 것입니다.
편지를 읽는데 눈시울이 붉어졌습니다.
10년 전 꼬맹이 '김영웅'을 만난 것도 감동이었지만
혹시나 주소가 바뀌어 편지를 못 받는 아이들이 있을까 봐
선생님이 일일이 편지봉투에 적어놓으신 문구가
제 가슴을 더욱 뭉클하게 했습니다.

"이 편지는 10년 전 학생들이 10년 후의 자신을 향해 쓴
편지입니다. 그들에게는 매우 소중한 편지이니
살펴주시면 감사하겠습니다."

이 편지를 아이들에게 모두 보내놓고
드디어 담임으로서의 소임을 다했다고 하신 선생님.

아마 저희 반 말고도 그 이후로도 쭉
이런 감동을 이어 오고 계셨으리라 생각됩니다.
제게 선생님처럼 훌륭한 교사가 되리라는 꿈을 심어주신 선생님!
선생님 덕분에 삭막해진 제 마음이 한결 따뜻해졌습니다.
그 감동과 사랑, 평생 잊지 못할 거예요.

별처럼 아득한 꿈을 안겨주신 선생님,
소금처럼 귀한 소망을 갖게 하신 선생님.
고맙습니다, 선생님!

그때 그 아낙

아직 1970년대를 벗어나지 못한 그 시절,
남편과 저는 젖먹이 아들과 함께 판잣집 단칸방에서 살고 있었습니다.
하루 벌어 하루 먹고살기도 힘든 그때,
남편은 물론이고 저도 영양상태가 좋지 않아
아이에게 젖도 제대로 물리지 못했습니다.
분유라도 넉넉히 먹여야 했지만 저희도 보리 섞인 정부미를
겨우 사다 먹는 처지라 그렇게 하지 못했습니다.
어느 날이었습니다.
남편이 일하러 나가고 저 혼자 집에 있는데
부엌 쪽에서 부스럭대는 소리가 나더군요.
설마 이런 집에 도둑이 들까 싶었지만
안심할 수 없었던 저는 조심스럽게 부엌을 살폈습니다.
그런데 옆집 아낙이 저희 집 찬장을 뒤지더니
분유통을 슬그머니 꺼내는 것이 아니겠습니까?
옆집 아낙도 당시 저와 마찬가지로 젖먹이를,
그것도 쌍둥이를 기르고 있어 분유 때문에 쩔쩔매던 중이었습니다.
저는 당장 뛰쳐나가 이 여편네 머리채라도 휘어잡아야겠다 싶었는데,
자세히 보니 아낙이 자기가 들고 온 분유통에서
분유를 덜어 저희 분유통에 덜어주고 있는 것이었습니다.

나중에 얘기를 들어보니 아낙의 친정집에서 분유를 한 통 사줬는데
평소 분유 때문에 죽는소리하던 제가 마침 생각나더랍니다.
한 통을 다 주자니 자기도 어렵고 해서,
저 모르게 조금만 덜어주고 가려고 했다더군요.
모두가 없이 살았지만 작은 것 하나라도 나누며 살던
그때가 그립습니다.

행복은 나눌수록 커진다고 합니다.
한 줌의 나눔으로 더 많은 사람들이 행복해졌으면 좋겠습니다.

마음을 나눌수록

행복이 커집니다.

남편의 미역국

저는 결혼한 지 1년 반쯤 된 새댁입니다.
지금까지 명절을 세 번 보냈는데 친척이 워낙 많아서
많게는 하루에 열두 번씩 상을 차리기도 합니다.
저에게 명절은 그만큼 고된 기간입니다.
게다가 시어머니 생신이 명절 바로 다음 날.
한번은 알람을 맞춰놓고 잤는데 제시간에 깨지 못했습니다.
뒤늦게 일어나 부엌에 가보니 남편이 미역국을 끓이고 있었어요.
"어머니 생신인데 늦잠이나 자고 정말 미안해……."
"아니야. 당신 명절 쇠느라 고생했잖아.
내가 미역국 끓이고 밥도 다 해놨어."
그렇게 미안해하고 있는데 남편이 시부모님을 깨우더군요.
"아버지, 어머니! 얼른 일어나세요.
막내며느리가 맛있는 미역국 끓여놨어요."
저는 너무 미안하고 속상하고 고마워서 남편을 꼭 안아주었습니다.

당신이 베푼 것을 희생이라고 생각하지 마세요.
그 마음이 돌고 돌아 언젠가는 당신에게 되돌아올 거예요.

정말 멋진 변화

아이의 눈빛은 처음부터 '내 근처에 오지 마'였습니다.
절도부터 폭력까지 범죄 전과도 많은 아이였지요.
하지만 알고 보니 아이에게는 아픈 과거가 있었습니다.
아이가 열 살 때 부모님이 이혼했고, 이후 아이는 어머니에게서마저
버림을 받았으며, 열네 살 때부터는 2년간 혼자 생활했습니다.
학교에서는 이 사실을 모르고 있었죠.
아이는 배고프면 음식을 훔쳐 먹었고
필요한 물건이 있으면 몰래 가져다 썼습니다.
범죄는 분명 잘못된 것이지만, 살아남아야 하는 아이에게는
이것 말고는 다른 방법이 없었습니다.

아이가 열여섯 살이 되던 해,
아이는 뒤늦게 자신의 할머니를 만났습니다.
할머니는 아이가 살아온 얘기를 듣고는
손자의 손을 잡고 밤을 새워 울었습니다.
할머니 역시 박스를 주워 생활하던 영세민이라
형편이 좋지는 않았습니다.
하지만 자신을 조건 없이 사랑해주는 할머니와의 만남은
아이에게 그 무엇보다도 큰 빛이 되었습니다.

할머니는 학교 선생님에게
아이가 말 못할 아픔을 안고 있다는 사실을 알렸습니다.
선생님 또한 그때까지의 엄한 태도를 거두고,
아이가 수업에 늦으면 전화해서 다정하게 격려하고
따뜻한 마음으로 안아주었습니다.
아이는 그 덕분에 무사히 학교를 졸업했고
지금은 체육관에서 킥복싱을 가르치며
사회의 한 일원으로 당당히 일하고 있습니다.
그리고 가끔 월급날이면 치킨을 사서 선생님에게 가져다줍니다.
어때요? 정말 멋진 변화 아닌가요?

색안경을 끼고 보기 전에
손을 잡아주고 이야기를 들어주세요.
세상을 밝힐 불이 하나 더 켜집니다.

감사뿐입니다

10년째 친하게 지내던 후배가 암에 걸렸다는 소식을 들었습니다.
불과 한 달 전까지만 해도 멀쩡하던 후배에게
암 선고가 내려졌다는 소식에 참 황당하더군요.
후배는 강직하고 양심에 충실하며 착하게 살아온 사람입니다.
그렇기 때문에 저는 후배가 다른 사람도 아닌 왜 하필 자신에게
이런 역경이 닥쳤는지 신을 원망하고 있으리라 생각했습니다.
하지만 후배는 생각보다 밝은 모습으로 저를 맞이했습니다.
병실에 들어가 보니 제 후배가 방에서 제일 나이가 많았습니다.
겨우 서른 중반 정도 된 것 같은 남자 두 명이 더 있더군요.
그 둘은 머리숱이 없어진 것을 가리려고 땡땡이, 얼룩말 무늬의
화려한 모자들을 쓰고 있었습니다. 후배가 말했습니다.
"이 병실에서는 제가 제일 나이가 많아요. 저 어린 친구들에 비하면
나는 그동안 참 많은 시간을 선물 받은 거구나 생각하니
저절로 감사하게 되더라고요."

주어지는 것을 당연하게 생각하면 늘 모자라고
이런 기회가 다시는 없을 수도 있다 생각하면 감사하게 됩니다.
지금 누리는 모든 것에 감사합니다.

맞벌이 부부의 일상

남편과 맞벌이를 하다 보니
집안일에 있어서도 각자의 역할이 있습니다.
저는 주로 빨래, 청소를 하고
남편은 딸아이와 관련된 모든 일을 담당합니다.
그런데 아이가 좀 드센 경향이 있어서 툭하면 친구들을 할켜
손톱 발톱 정리는 철저하게 하도록 하는 편입니다.
하루는 아이를 재우고 설거지를 하는데
남편이 손전등을 들고 딸아이 방에 들어가는 겁니다.
뭐하나 하고 봤더니 어둠 속에서 손전등을 비춰가며
딸아이의 손톱과 발톱을 정리해주고 있더군요.
낮에 하면 아이가 몸부림을 쳐서 위험하기 때문이랍니다.
부드러운 말 한마디 쑥스러워 못하는 오리지널 경상도 남자이지만
힘든 맞벌이 상황에서 도움을 주는 남편이 있어 정말 든든합니다.
내 짝지, 내 짝꿍, 고맙습니다!

오늘은 우리 모두
집에 일찍 들어가야 할 이유가 생겼네요!

존경할 수 있는 사람

입사한 지 이제 1년,
최근까지 어느 과장님 한 분 때문에
매일 퇴사를 생각하고 있었습니다.
이 과장님이 모자란 사람이면 차라리 낫습니다.
모든 프로젝트와 일을 칼같이 해결하는 양반입니다.
문제는 부하직원들도 자기와 똑같이 해야 한다는 욕심 때문에
아랫사람들이 죽어난다는 것입니다.
3개월 전, 계속되는 야근에 정신이 흐트러진 저는
그만 아주 큰 실수를 저지르고 말았습니다.
하청을 주는 공장에 신제품 샘플 제작을 의뢰했는데
천 개만 받으면 되는 것을 서류 작성을 잘못해
만 개나 의뢰한 것입니다.
실수를 알았을 때는 이미 3천 개의 제품이 제작된 뒤였습니다.
이 제품의 출고가가 8만 원이니 2천 개면 1억 6천만 원.
저는 무단 퇴사하는 것으로 제가 저지른 잘못에서
도망쳐버렸습니다.
그때는 정말 왜 그랬는지…….
하지만 과장님이 집 안에만 숨어 있던 저를 끌어내셨습니다.
함께 전국의 찜질방과 여관을 전전하며

새로운 판매처를 확보했고,
사흘 만에 2천 개의 샘플을 깨끗이 팔아치웠습니다.
회사로 돌아온 저는 더 놀라운 일을 겪었습니다.
사장님이 오시더니 과장님에게 사표를 돌려주시더군요.
과장님은 자신이 이 일을 해결하지 못하면 그만둘 각오로
사장님에게 사표를 맡기고 저와 함께 나선 것이었습니다.
저는 눈물을 쏟으며 연신 감사하다는 말씀을 드렸는데
과장님은 오히려 담담하게 이렇게 말씀하셨습니다.
"해결할 수 있다고 판단했으니까 사표까지 낸 거다.
정 고맙거든 나중에 네 후임이 실수했을 때
너도 사표 던질 각오로 그 일 해결해."

저희 과장님, 정말 존경할 만한 분 아닌가요?

이런 말이 있지요.
'존경할 수 있는 사람이 몇 명이 되는지 세어보면
그 사람의 인생이 얼마나 훌륭한지 가늠할 수 있다.'

존경합니다.
과장님, 아버지, 어머니
선생님, 그리고..
켕~켕~

부러우면 지는 거다

한글을 모두 깨치고 초등학교에 들어간 저는
받아쓰기 시험을 볼 때마다 늘 100점을 맞았습니다.
덕분에 선생님의 관심을 많이 받았고,
제가 어머니 없이 가난하게 사는 것을 알게 된 선생님은
수업이 끝나도 저를 곁에 두길 좋아하셨습니다.

봄 소풍 때는 달랑 김밥 한 줄에 삶은 달걀 두 개밖에
준비하지 못한 저를 친구들 몰래 불러서
사이다와 초콜릿을 주머니에 넣어주시기도 했습니다.
그분은 교사의 역할을 넘어 저로 하여금
어머니의 모습까지 그려볼 수 있게 한 분이셨습니다.

하지만 그 선생님과의 인연은 너무나 짧았습니다.
여름방학이 끝나고 학교에 가 보니
선생님께선 이미 다른 학교로 전근을 가시고 없었습니다.
어린 마음에 선생님이 사무치게 그리워 한참을 울었습니다.
선생님과의 추억은 44년 전부터
제 마음의 일기장에 기록되어 있습니다.

"성공한 사람들은 어릴 때 모두 너처럼 어려웠단다.
하지만 그걸 이겨냈기에 오늘의 그 사람들이 있는 거야."

"네 어려운 처지를 남과 비교하지 마라.
남이 부러우면 그 순간부터 지는 거다.
남들이 널 부러워하도록 노력해야 한다."

선생님, 정말 그립습니다!

당신이 존경하는 선생님은
분명 우리 모두가 존경할 만한 분이십니다.

고마워요. 선생님.
부러우면 지는 거다! 파이팅!!

야옹~야옹

아버지.

할 말만 하는 로봇 같은 사람.

큰 웃음 대신 미소만 짓는 사람.

아침에 나갔다 내가 잠들면 들어오는 사람.

항상 존대해야 하는 사람.

나에게 아버지는 그런 사람이었습니다.

배가 고파도, 몸이 아파도,

기쁜 일이 있거나 힘든 일이 있어도,

아버지께는 아무 말도 하지 않았습니다.

들어줄 것이라는 생각조차 하지 않았습니다.

분명 기억 속 내 어릴 적 아버지는

목마를 태워주고, 다리를 쓸어내리며 쭉쭉 당겨주고,

내가 울면 자다 일어나서 다독여주던 분이셨는데…….

사춘기가 되면서 점점 아버지의 존재가 무뎌져 갔습니다.

나의 잘못인지, 아버지의 잘못인지 알 겨를도 없이

우리는 각자의 삶을 살았습니다.

중학교 시절, 단거리 육상선수였던 저는 고된 훈련을 마치고 축 늘어진 몸을 이끌고 집으로 돌아왔습니다.
초등학교 때 사고로 무릎을 다쳐 다시는 뛸 수 없다는 진단을
받았지만 기적적으로 완쾌되었고, 그 후 저는 유난히
달리기에 집착하게 되었습니다.
하지 말라던 운동을 기어이 하겠다고 고집부린 탓에
훈련으로 다리가 아프다는 말은 입 밖에도 내지 못하고
끙끙거리기만 했습니다.
어머니는 못내 서운하셨는지,
절뚝거리는 다리를 보면서도 애써 모른 척하셨습니다.

그날 밤이었습니다.
작은 소리에 잠이 깼습니다. 그리고 놀라지 않을 수 없었습니다.
제가 잠든 사이, 아버지가 제 방에 몰래 들어와
어릴 적 자주 해주시던 쭉쭉이 마사지를 해주셨던 모양입니다.
그러다 다리에 쥐가 나서 제가 끙끙거리자 발밑에서 자그마한
목소리로 '야옹~야옹' 하는 소리를 내고 계셨던 것입니다.
예전에 아버지와 함께 TV를 보던 중에
어떤 사람이 나와 우스개로 다리에 쥐가 날 때
'야옹' 소리를 내면 괜찮아진다는 얘기를 했었는데,

그걸 진담으로 받아들이신 모양입니다.

아버지의 '야옹' 소리에 잠에서 깼지만,
죄송스런 마음과 감사한 마음에 일어날 수가 없었던 저는
소리 죽여 눈물만 흘렸습니다.

다른 말은 필요 없습니다.
아버지는 그 이름만으로도
우리에게 힘이 되어주는 분이십니다.
사랑합니다. 그리고 감사합니다.

아버지는 오늘도 뛴다.

사람이 사랑입니다

사랑의 편지

어머니의 일기장

일이 있어 친정에 갔던 저는 어머니가 쓰신 것으로 보이는
일기장을 발견했습니다.
어머니의 일기는 저에 대한 얘기로 빼곡했습니다.

아주 어릴 적 밤에 잠을 안 자서 어머니를 고생시켰던 이야기,
이 아이가 크면 누구를 닮을까, 어떤 일을 하게 될까 같은
어머니의 희망과 기대들이 적혀 있었습니다.

질문이 많은 다섯 살,
돌아가신 아빠에 대해서 자꾸 물어보는 저 때문에
몰래 눈물을 훔쳤던 어머니 자신의 이야기도
가감 없이 적혀 있었죠.

저 역시 최근에 결혼해서 예쁜 아기를 얻었습니다.
그리고 저도 저희 엄마가 그랬던 것처럼 일기를 쓰기 시작했습니다.

"아가야, 네가 어떤 사람이 되든지 나는 네 뒤에 있단다."

제 일기가 어머니가 적었던 내용과 많이 비슷해

깜짝 놀랐습니다.

자기 아이를 바라보는 어머니의 눈은 모두 비슷한가 봅니다.

나중에 제 아이도 커서 제 일기장을 보게 될까요?

잊으셨나요?
당신은 어떤 분의 한없는 이해와
사랑을 받고 자랐다는 사실을요.

우리 약속했잖아

언제부터인가 자꾸 어지럽고
호흡이 불편하고 쉽게 피로해졌습니다.
어느 날 소변에 피가 섞여 있길래
급히 동네 병원에 가서 검진을 받아보니
고혈압이라고 하더군요.
그날부터 저는 음식을 조절하기 시작했습니다.

국에도 반찬에도 소금을 넣지 않고,
식탁에는 현미밥에 맑은 국,
살짝 데친 채소가 놓입니다.
직장에도 남은 반찬으로 도시락을 싸 갖고 다닙니다.
매운 음식 좋아하는 남편은
소금기 없는 식사가 입에 맞지 않을 텐데도
별 투정 없이 잘 먹습니다.
간혹 예전에 해먹던 대로 반찬을 해줘도
매운 것은 밀치고 저와 함께 먹어줍니다.
제가 먹고 싶어 할까 봐 그런답니다.
참 많이 고맙지요.

"그래도 자기 좋아하는 매운 거 먹어!"

"아냐, 우리 결혼식 때 약속했잖아. 아플 때도 함께하겠다고!"

사랑은 아픔도 같이하는 것입니다.
힘든 시간을 함께해주는 사람이라면
평생 믿고 의지하며 살아도 되지 않을까요?

사랑은 아픔도 함께하는 것..

난 끝까지 당신 편

제 아내는 예순이 넘은 나이인데
종종 너무 제멋대로 행동한다는 말을 듣습니다.
동창 모임이나 부부동반 모임에 가서도
다른 사람들과 말을 하는 둥 마는 둥 하고
남의 물건도 함부로 만집니다.
집에서도 그렇게 행동하자 며느리도 이상한 표정을 짓고
가까운 친구들도 뭔가 잘못됐다는 얼굴로 제 아내를 바라봅니다.
그럴 때마다 저는 미안해하며 물건을 도로 그들 곁에 놔줍니다.
"죄송합니다. 정말 죄송해요."
저는 연신 고개를 숙입니다.
가끔은 남들이 보지 않을 때 조용히 눈물을 떨구기도 합니다.

아내는 항상 남을 먼저 생각하던 사람이었습니다.
길을 가거나 문을 열 때도 뒷사람을 배려하고
웃음도 많고 정도 많아 사람들에게 인기가 좋았습니다.
하지만 치매에 걸린 이후로, 아내는 산만해지고
때로 내 것 네 것을 가리지 못하게 된 것입니다.
그렇게 해서 옛날과는 달리 제멋대로 행동한다는 비난과 함께
따가운 눈총을 받는 것이지요.

병 때문에 그런 건데도 미처 생각지 못하고
'저 할머니 이상해' 하고 욕하는 사람들을 보면 눈물이 납니다.
아내는 원래 그런 사람이 아니었기 때문입니다.
저는 어제 아내를 꼭 껴안고 말했습니다.
"어떤 욕을 들어도 상관없어요. 난 끝까지 당신 편이니까!"

세상 사람들이 다 날 미워해도 끝까지 나를 편들어줄
단 한 사람이 있다면 충분히 행복하지 않을까요?
당신도 누군가의 마지막 한 사람이 되어주세요.

휙~
짝짝..
헛~
오..
얍!
와..
지켜줄게요.
나의 그대를..영원히..

그립습니다

아빠! 제가 멀리 한국까지 시집온 지 벌써 3년이나 지났네요.
그동안 아빠를 얼마나 그리워했는지…….
행여나 막내딸이 걱정할까 봐
어려운 일이 있어도 쉽게 털어놓지 못하던
아빠의 속 깊은 마음에 절로 고개가 숙여집니다.
저는 여기에서 잘 지내고 있어요.
저를 사랑해주는 남편이 옆에 있고
사랑스러운 아들도 있어서 외롭지 않아요.
김 서방은 정말 좋은 사람이에요.
술, 담배도 하지 않고 열심히 일하는 성실한 사람이죠.
아빠, 얼마 전 엄마와의 전화통화에서 아빠가 암 말기라는
청천벽력 같은 소식을 들었어요.
"소비야, 아빠 수술하게 되셨어. 병원에서는 마지막일지도
모른대……. 그렇지만 미리부터 너무 슬퍼하지 말고
마음의 준비 단단히 하도록 해."
엄마는 울음을 간신히 참고 저에게 용기를 북돋아주셨죠.

한국에 있다 보면 캄보디아는 아무리 열심히 일해도
먹고사는 게 힘든 나라임을 다시 한 번 느껴요.

나이도 많고 몸도 약해서 늘 아프셨던 엄마가
아빠의 병원비 때문에 밭에서 일하신다는 말을 듣고
제 가슴이 더더욱 아팠습니다.
단 한 번만이라도 손자를 보는 것이 소원이시라던 아빠……
저도 마지막으로 아빠를 볼 수 있다면 얼마나 좋을까요?

아빠 엄마, 정말 그립고 사랑합니다.

한국에서 막내딸 소비 올림

보고 싶은 사람은 언제든 만날 수 있고
멀리 있는 사람에게 수시로 연락할 수 있는
우린 얼마나 행복한 사람들인가요!

내가 사는 이유

10여 년 전 베이징에서 유학하던 시절에
남편은 머리카락이 없는 저를 아내로 맞아줬습니다.
12년 전 악성 위암으로 치료를 받는 동안 머리카락은 다 빠졌고
위도 3분의 2 이상 잘라내야 했습니다.
병원비를 부담하느라 생활은 궁핍했지만
남편은 저에게 항상 웃음을 주고 위로를 전해주었습니다.
그 때문이었을까요?
약물 치료 후 아이를 낳을 수 없다는 판정을 받았지만
남편의 지극한 간병 덕분에 저희는 기적적으로
아이를 갖게 되었습니다.
남편은 아기가 태어난 날, 매우 기뻐하면서
저희 둘에게 「당신은 사랑받기 위해 태어난 사람」을 불러줬습니다.
지금도 그 감격을 잊을 수 없어요.
하지만 2008년에 저에게 또다시 병마가 찾아왔습니다.
어렸을 때 유방에 양성 종양이 있었는데, 그게 악성이 된 것입니다.
수십 번 병원을 오고가야 했는데 그때마다 남편은
제 곁에 있어주었습니다.
그런데 작년에 또 쓰러져 응급실에 실려 갔습니다.
기가 막히게도 백혈병이라는 진단을 받았습니다.

생애 처음으로 무균실에 들어가야 했고 끝없는 병마와 싸워야 했지만
남편은 절망하는 저의 손을 결코 놓지 않았습니다.
남편은 이제 집안일까지 도맡아 합니다.
그런데도 감사할 일이 많다고 웃음을 잃지 않습니다.
더욱이 제 딸은 달리기를 잘하는 건강하고 밝은 아이로
자라고 있어서 저희 부부는 행복하기만 합니다.
저는 너무 많은 사랑을 빚졌습니다.
이 사랑의 빚을 갚을 수 있는 시간이 제게도 있었으면 합니다.
지금은 월세도 밀리고 경제적으로 매우 힘들지만
남편처럼 늘 감사하며 하나하나 극복해 나가려고 합니다.
살아갈 이유를 주는 제 남편에게 고백합니다.
"여보! 사랑해요!"

사랑 앞에서는 병마도 힘을 잃습니다.
사랑의 힘으로는 못할 것이 아무것도 없습니다.
기적은 바로 거기에서 일어납니다.

사랑이 있다면 어떤 시련도
이겨 낼 수 있습니다.

고양이 가족

어느 날 밤의 일입니다.

집에서 키우는 강아지를 데리고 산책을 나갔습니다.

그런데 아파트 주차장 어디선가

고양이의 슬픈 울음소리가 들렸습니다.

소리를 따라가 보니 차 옆에 고양이가 두 마리 있더군요.

하지만 인기척을 느끼고는 곧 달아나버렸습니다.

아무 일 아니겠거니 하고 산책을 마치고 돌아오는데

고양이 울음소리가 또 들렸습니다.

가까이 다가가자 이번에도 고양이들은 달아났습니다.

그런데 고양이들이 있던 자리에 인형 같은 게 보였습니다.

집에 와서 남편을 불러내 손전등을 가지고

주차장으로 다시 갔습니다.

차 아래를 비춰보니 인형인 줄 알았던 것이

새끼고양이였더군요.

하지만 꿈쩍도 하지 않는 게 이미 목숨이 끊어진 듯 보였습니다.

'아, 그랬구나…… 새끼가 죽어서 그리들 슬피 울었구나.'

경비아저씨가 죽은 고양이를 처리한 뒤에야

고양이들은 그 자리를 떠났습니다.

평소 고양이를 잘 챙겨주시던 상가의 한 아주머니 말로는
죽은 새끼고양이가 차 밑에서 잘 놀곤 했는데
그러다 결국 사고를 당한 것 같다고 하더군요.
고양이 가족은 그 이후에도 종종 새끼가 떠난 자리를 찾아와
구슬프게 울다 가곤 합니다.

가족을 잃는다는 것이 얼마나 큰 형벌인지
직접 겪어보기 전에는 알 수 없겠지요.
떠나보낸 뒤에 후회하지 말고
곁에 있을 때 조금이라도 더 사랑합시다.

생명의 무게는 모두 똑같다.

시아버님의 유모차

어제는 시아버님 때문에 눈물을 쏟았습니다.
한 달 전부터 아침에 나가시더니 저녁 무렵에나 들어오시더군요.
놀다 오시는 것 같아 용돈을 드렸는데 받지 않으셨습니다.
늘 짐이 된다며 집에서 걸레질도 손수 하시던 아버님은
그저 웃으며 "다녀오마" 하고 나가셨습니다.
그런데 어제 주인집 아주머니께서 이런 말씀을 해주시더군요.
"이 집 할아버지, 유모차에 박스 실어서 가시던데……."
며칠 전부터 저 먹으라고 사 오신 과일과 과자들이
어디서 난 건지 알게 되자 순간 눈물이 왈칵 쏟아졌습니다.
둘째 아들 집에 얹혀살면서 돈 한 푼 가져다주지 못하는 게
마음에 걸리셨는지 한 달 전부터 그렇게 박스를 주워다 팔아
이것저것 사 오신 것이었습니다.
남편에게 전화해서 상황을 설명하니 아무 말도 못 하더군요.
평소보다 일찍 집에 온 남편이 아버님을 찾으러 나갔습니다.
한 시간쯤 지나 남편은 아버님과 함께 돌아왔습니다.
아버님은 오면서도 제 눈치를 보시고는
끌고 오던 유모차도 뒤로 숨기셨습니다.
오히려 죄송해야 할 건 저인데 말입니다.
달려가서 아버님 손을 잡고 또 울었습니다.

그때 처음 아버님 손을 만져봤습니다.
갈라진 손등과 굵은 손마디가 제 마음을 더 아프게 했습니다.
밥을 먹으면서도 자꾸 아버님 손만 보였습니다.
잠자리에 들면서 남편에게 말했습니다.
"여보, 저 아버님을 평생 친아버지처럼 모실게요.
지금은 아버님께서 불편해하시지만
언젠가는 저를 친딸처럼 생각하시겠죠."

'아버님, 제 눈치 안 보셔도 돼요!
아버님의 희생이 없었다면 지금의 남편도 없고
지금의 저와 배 속의 사랑스러운 손자도 없었을 거예요.
항상 건강하시고 오래오래 사셔야 해요!'

미안합니다, 고맙습니다, 사랑합니다.
살아계실 때 하는 효도가 진짜 효도입니다.

부모님의 손을 꼭 잡아주세요.
오늘은 잡을 수 있지만
내일은 그럴 수 없을지도 몰라요.

사랑한다고 말하세요.
지금은 얼굴을 보며 말하지만
먼 훗날엔 하늘을 보며
말해야 할 테니까요.

아빠는 변태야

여름에 모기향을 피워놓고 자면 딸이 잔기침을 해서
잠자기 두 시간 전에 피웠다가 아이가 잠들 때는 끕니다.
그래도 모기들이 극성이더군요.
어느 날은 모기들이 계속 윙윙거려서
밤새 한숨 안 자고 딸 옆에서 모기를 잡았습니다.
하나도 힘들지 않았습니다.
다만 다음 날 회사에서 계속 졸게 되니 그것이 문제였습니다.
그래서 한 가지 꾀를 내었습니다.
잠든 딸 옆에 팬티만 입고 맨몸으로 누운 것이지요.
딸에게 갈 모기들이 전부 저한테 오더군요.

"아빠는 변태야!"

아침에 일어난 딸은 사정도 모르고
저를 근처에도 못 오게 했습니다.
아내도 다 큰 딸 옆에서 뭐하는 거냐며 나무랐습니다.
회사에서 모기한테 물린 데가 가려워 수시로 긁고 있으니
동료들이 저더러 피부병에라도 걸린 거냐며 싫어하더군요.
하지만 어떤 오해를 받아도 좋습니다.

사랑하는 제 딸아이가 잔병치레 없이
밝고 건강하게 커주기만 한다면.

좋은 집보단 좋은 가정을 만들어주고 싶고
부자 아빠보단 친구 같은 아빠가 되고 싶으며
재산보다는 사랑을 물려주고 싶습니다.

"사랑한다, 우리 딸!"

바람도 막아주고 손잡아 이끌면서
주는 것만으로도 기쁘다고 하는 당신은
따뜻한 햇살 같은 사람입니다.

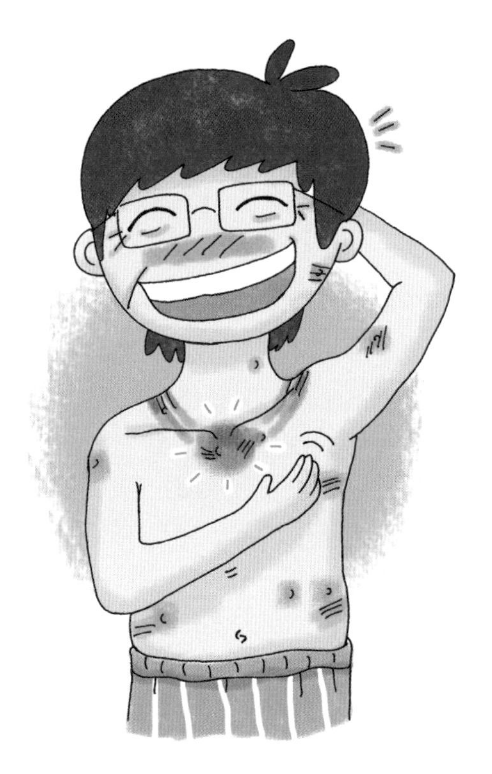

딸을 향한 당신의 사랑에
훈장을 수여합니다.

진정한 사랑

제가 어렸을 때 돌아가신 할머니는
시골의 한 공원묘지에 묻혔습니다.
그다음 해에 저희 가족은 여름휴가를 맞아
그 공원묘지 근처 친척집을 방문했습니다.
저희가 탄 차가 할머니가 잠들어 계시는 묘지의 입구를
막 지날 때였습니다.
할아버지가 창문에 얼굴을 대시고는 천천히 손을 흔드셨습니다.
할머니에게 안부를 전하는 손짓이었을까요?
애틋함이 배어 있는 할아버지의 손짓에서
진정한 사랑이 어떤 것인지 처음으로 깨달았습니다.
저는 자꾸만 눈물이 났습니다.

쉽게 만나고 쉽게 헤어지는 요즘 세상에서
진정한 사랑을 목격하기란 쉽지 않습니다.
평생을 옆에 두고도 그리운 사람, 당신에게도 있을 겁니다.
오래도록 지키세요. 가슴속의 사랑은 영원합니다.

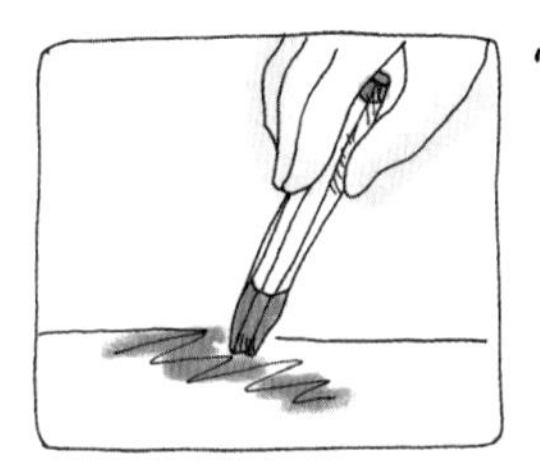

'사랑'이란 이름의 색은
세상 그 어떤 색보다
진하고 강렬합니다.

그래서 한번 칠해진
사랑은 쉽게 지워지지 않고
지우기도 어렵습니다.

병우유

코흘리개 시절, 저는 병우유를 무척 좋아했습니다.
아버지는 출근길에 저에게 병우유를 하나씩 사주셨지요.
어려운 살림 탓에 먹을거리가 늘 부족했지만
저희 아버지는 제게 우유를 사주는 일만큼은
단 하루도 빠뜨리지 않으셨습니다.

얼마 전, 아버지 생신을 맞아
오랜만에 식구들이 모두 모여 함께 저녁 식사를 했습니다.
이런저런 이야기를 나누던 중 누님이 어린 시절 제가 마시던
병우유에 대한 사연을 말해주었습니다.
아침마다 아버지가 사주시던 우유는
사실 아버지의 출근 교통비와 맞바꾼 것이었습니다.
우유를 사느라 버스를 탈 수 없었던 아버지는
매일 서둘러 일찍 일어나 일터까지 걸어가셨던 겁니다.

"우리 막둥이 우유 사주는 게 내겐 행복이고 즐거움이었어.
우유를 먹고 좋아하는 막내의 모습이 하루를 견딜 수 있는
힘이었단다."
그 이야기를 듣고 저는 아버지의 얼굴을

똑바로 쳐다볼 수가 없었습니다.
따뜻한 외투 한 벌조차 없던 가난한 살림에
아버지의 출근길이 얼마나 추웠을지 생각하니
그저 눈물만 흐르더군요.

"아버지, 오래오래 사세요. 어릴 적 마셨던 세상에서 가장 맛있는
우유를 이젠 제가 아버지께 사 드릴게요."

부모님의 희생을 자식은 잘 모릅니다.
우리는 절대 혼자 성장한 게 아닌데 말이지요.

드라이하러 가요

저는 치매를 앓는 80세 노모를 모시고 있습니다.
혼자 계실 어머니 생각에 집을 나설 때부터 불안합니다.
점심시간에는 저만 기다리고 있을
어머니의 초점 잃은 눈동자를 생각하며 마음이 조급해집니다.
다행히 집과 직장은 10분 거리입니다.
집배원에게서 얻은 낡은 오토바이 덕을 참 많이 봅니다.

“엄니, 심심했지?”
“아녀~ 괜찮아.”
뒷자리에 노모를 태우고 동네 털보자장면 집에
점심을 먹으러 갑니다.
돌아오면서 뒤에 계신 어머니가
“저건 처음 보는 거네, 저것도……” 하십니다.
어머니에게는 하루하루가 신기한 날들입니다.
“엄니, 그렇게 신기해? 우리 드라이브할까?”
“잉~ 드라이하자.”
“아녀, 드라이‘브’ 해야지!”
“잉~ 알았어. 드라이…….”
집 근처 교회 옆 신작로를 돌아서 탈탈거리는 오토바이로 힘겹게 언덕을 올라갑니다.

어머니는 아이처럼 마냥 좋아하십니다.

“엄니~ 나 빨리 돈 벌고 올게. 그래야 엄니 맛있는 거 사주지.
알았지?”

“잉~ 그려, 빨리 와!”

저는 오늘도 엄니와의 드라이를 위해 열심히 뜁니다!

내가 만족스러운 것이 아니라
부모님이 좋아하는 것을 해드리는 것이 진짜 효도입니다.

엄니~좋아?
응! 드라이 조아.
덜컹~덜컹~

위기에서 찾은 희망

저는 40대 가장입니다.
저희 집에는 저만 바라보는 아내와 두 아이가 있습니다.
그런데 어느 날, 출근을 하고 보니
사무실 분위기가 심상치 않았습니다.
직원들이 저를 이상하게 쳐다보더군요.
"부장님, 아직 모르셨어요?"
알고 보니 제가 정리해고 대상이 된 것입니다.
회사 사정이 어렵다는 것은 알았지만
이런 일이 저에게 일어날 줄이야…….
이 상황을 가족에게 어떻게 말해야 할지 고민하다가
하루가 갔습니다.
집에 들어가니 입이 떨어지지 않았습니다.
말 한 번 꺼내지 못하고 일주일이 흘렀습니다.
회사를 그만둬야 하는 날까지 얼마 남지 않았지만
도무지 말할 용기가 나지 않았습니다.
그러다 일요일 밤에 어렵게 말을 꺼냈습니다.
가족과 오랜만에 외식을 하러 나갔다가
아내에게 겨우 사실을 털어놓았습니다.
크게 상심할 거라 생각했던 아내는 의외로 침착했습니다.

"여보, 너무 걱정하지 마세요. 제가 함께 일하면
그전이랑 달라지는 건 별로 없을 거예요."

애써 웃음 짓는 아내를 보며 저는 눈물을 쏟았습니다.
뜻하게 않게 회사를 떠나게 되었지만 어떤 상황에서도
'아빠 사랑해요'라고 말해주는 아이들과
저를 지지해주는 아내가 있어 저는 참 행복한 사람입니다.
오히려 이번 기회에 제가 제대로 살고 있다는 희망을 느꼈습니다.

변화하지 않는 인생이 어디 있겠습니까?
위기를 새로운 기회로 삼으면 되지요.
세상은 보는 대로 보입니다.

위기는 더 큰 가능성을 열어주는 기회.

등나무 의자

20년 동안 살던 지역을 떠나
넓은 주택으로 이사를 가게 되었습니다.
아이들도 다 자라 독립했으니 여태껏 썼던 살림살이를 정리하고
가구를 새로 마련하기로 했습니다.
포근하고 아늑한 주택을 꾸미려고
남편과 함께 백화점을 다니며 가구를 보고 골랐습니다.
그런데 남편이 한 가구점에서 등나무 의자 세트를 보고는
사겠다고 고집을 부리는 것이었습니다.
평소 한 번도 이런 적이 없었던 남편인지라
저는 좀 당황했습니다.
항상 침착하고 표정 변화도 거의 없는 편인데
그날따라 이상하게 흥분한 듯 보였습니다.
그러고는 등나무 의자 세트를 꼭 사야 한다고
다시 한 번 강조했습니다.
가격도 만만치 않고 별로 쓸모도 없을 것 같아서 저는 반대했지만
남편은 기어이 계산을 하고 집으로 보내달라고 했습니다.
집으로 돌아오면서 남편이 이유를 알려주더군요.

저희는 신혼 때 단칸방에 살았습니다.

방이 한 칸이라 변변한 살림살이가 없었지요.
한 번은 남편 친구의 신혼집에 놀러갔는데, 그 집 바깥에 있는
등나무 의자를 보면서 제가 무척 부러워했다는 겁니다.
나중에 살림이 피면 꼭 저렇게 예쁜 의자에 앉아
산들바람 쐬면서 책을 읽겠다는 저의 말에
남편이 아무 대답 없이 빙그레 웃기만 했던 것이 기억났습니다.
당장 해주지 못하는 것에 가슴 아파했던 남편은
제가 일도 하고 애들도 키우며 그 일을 까맣게 잊어가는 동안
언젠가는 제 소망을 이루어주겠다고 다짐해 왔던 것입니다.
말로는 마음을 잘 표현할 줄 모르는 무뚝뚝한 사람이지만
그 담담한 표정 안에 가득 담긴
저에 대한 사랑과 진심을 확인할 수 있었습니다.

사랑과 진심은 행동으로 보여주는 것입니다.
말보다 행동이 아름답습니다.

당신이 있어 세상은 살 만합니다

초판 1쇄 인쇄 2013년 12월 12일
초판 1쇄 발행 2013년 12월 17일

엮은이 | 권태일
그림 | 스마일디
발행인 | 정상우
기획편집 | 이민정, 정희정
마케팅 | 김영란
관리 | 김정숙

발행처 | 오픈하우스 @openhousebooks
출판등록 | 2007년 11월 29일 (제13-237호)
주소 | 서울시 마포구 동교로 13길 34 (121-896)
전화 | 02-333-3705 팩스 | 02-333-3745
홈페이지 | www.openhousebooks.com

ISBN 978-89-93824-85-8 (03810)

이 도서의 국립중앙도서관 출판시도서목록(CIP)은 서지정보유통지원시스템 홈페이지 (http://seoji.nl.go.kr)와 국가자료공동목록시스템(http://www.nl.go.kr/kolisnet)에서 이용하실 수 있습니다. (CIP제어번호: CIP2013026741)